Kadokawa Fantastic Novels

Contents

くまなの

Illustrator029

Kadokawa Fantastic Novels

熊熊勇闖異世界 10

▶優奈'S STATUS_

姓名：優奈
年齡：15 歲
性別：女

▶ 熊熊連衣帽（不可轉讓）
可以透過連衣帽上的熊熊眼睛看出武器或道具的效果。
▶ 白熊手套（不可轉讓）
防禦手套，防禦力會根據使用者的等級而提升。
可以召喚出名叫熊急的白熊召喚獸。
▶ 黑熊手套（不可轉讓）
攻擊手套，威力會根據使用者的等級而提升。
可以召喚出名叫熊緩的黑熊召喚獸。
▶ 黑白熊服裝（不可轉讓）
外觀是布偶裝。具有雙面翻轉功能。
正面：黑熊服裝
物理與魔法防禦力會根據使用者的等級而提升。
具有耐熱與耐寒功能。
反面：白熊服裝
穿戴時體力與魔力會自動回復。
回復量與回復速度會根據使用者的等級而提升。
具有耐熱與耐寒功能。
◀熊緩
（小熊化）
▼熊急
▶ 黑熊鞋子（不可轉讓）
▶ 白熊鞋子（不可轉讓）
速度會根據使用者的等級而提升。
根據使用者的等級，可以長時間步行而不會感到疲勞。具有耐熱與耐寒功能。
▶ 熊熊內衣（不可轉讓）
不管使用多久都不會髒。
是不會附著汗水和氣味的優秀裝備。
大小會根據裝備者的成長而變化。
▶ 熊熊召喚獸
使用熊熊手套所召喚的召喚獸。
可以變身成小熊。

技能

▶ 異世界語言
可以將異世界的語言聽成日語。
說話時傳達給對方的內容也會轉變成異世界語言。

▶ 異世界文字
可以讀懂異世界的文字。
書寫的內容也會轉變成異世界文字。

▶ 熊熊異次元箱
白熊的嘴巴是無限大的空間。可以放進（吃掉）任何物品。
不過，裡面無法放進（吃掉）還活著的生物。
物品放在裡面的期間，時間會靜止。
放在異次元箱裡面的物品可以隨時取出。

▶ 熊熊觀察眼
透過黑白熊服裝的連衣帽上的熊熊眼睛，可以看見武器或道具的效果。不戴上連衣帽就不會發動效果。

▶ 熊熊探測
藉由熊的野性能力，可以探測到魔物或人類。

▶ 熊熊地圖ver.2．0
可以將熊熊眼睛看到的地方製作成地圖 。

▶ 熊熊召喚獸
可以從熊熊手套召喚出熊。
黑熊手套可以召喚出黑熊。
白熊手套可以召喚出白熊。
召喚獸小熊化：可以讓熊熊召喚獸變成小熊。

▶ 熊熊傳送門
只要設置傳送門，就可以在各扇門之間來回移動。
在設置好的門有三扇以上的情況下，可以透過想像來決定傳送地點。
傳送門必須要戴著熊熊手套才能夠打開。

▶ 熊熊電話
可以和遠方的人通話。
創造出來以後，能維持形體直到施術者消除為止。不會因為物理衝擊而損壞。
只要想著持有熊熊電話的對象就能接通。
來電鈴聲是熊叫。持有者可藉由灌注魔力切換開關，進行通話。

▶ 熊熊水上步行
可以在水面上移動。
召喚獸也可以在水面上移動。

魔法

▶ 熊熊之光
藉由聚集在熊熊手套上的魔力，可以產生熊熊形狀的光球。

▶ 熊熊身體強化
將魔力灌注到熊熊裝備，就可以進行身體強化。

▶ 熊熊火屬性魔法
藉由聚集在熊熊手套上的魔力，可以使用火屬性的魔法。
威力會與魔力、想像呈正比。
如果想像出熊的模樣，威力會變得更強。

▶ 熊熊水屬性魔法
藉由聚集在熊熊手套上的魔力，可以使用水屬性的魔法。
威力會與魔力、想像呈正比。
如果想像出熊的模樣，威力會變得更強。

▶ 熊熊風屬性魔法
藉由聚集在熊熊手套上的魔力，可以使用風屬性的魔法。
威力會與魔力、想像呈正比。
如果想像出熊的模樣，威力會變得更強。

▶ 熊熊地屬性魔法
藉由聚集在熊熊手套上的魔力，可以使用地屬性的魔法。
威力會與魔力、想像呈正比。
如果想像出熊的模樣，威力會變得更強。

▶ 熊熊電擊魔法
藉由聚集在熊熊手套上的魔力，可以使用電擊魔法。
威力會與魔力、想像呈正比。
如果想像出熊的模樣，威力會變得更強。

▶ 熊熊治療魔法
可以使用熊熊的善良心地治療傷病。

精靈村落

莎妮亞

王都冒險者公會的會長。是女性精靈，曾在優奈與冒險者發生糾紛等等情況時幫忙善後。聽了露依敏所說的話，決定回到精靈村落。

露依敏

倒在王都的熊熊屋前的精靈少女。為了將精靈村落的危機告訴姊姊莎妮亞，從精靈村落一路旅行到王都。

穆穆祿德
露依敏與莎妮亞的祖父。在精靈村落擔任長老。

阿爾圖爾
露依敏與莎妮亞的父親。外表看起來二十出頭，身材苗條的男性精靈。

塔莉雅
露依敏與莎妮亞的母親。外表年輕，即使說是兩個女兒的姊姊也不奇怪。

路卡
露依敏與莎妮亞的弟弟，八歲。莎妮亞並不知道路卡出生的消息。

貝娜
露依敏與莎妮亞的祖母。穆穆祿德的妻子。妙齡女性精靈。

拉比勒達
在精靈村落擔任守衛的年輕精靈。長相英俊。

克里莫尼亞

菲娜

優奈在這個世界第一個遇見的少女，十歲。由於母親被優奈所救而與她結緣，開始負責肢解優奈打倒的魔物。有個比自己小三歲的妹妹，名叫修莉。

堤露米娜
菲娜的母親。被優奈治好了疾病，之後與根茲再婚。受到優奈委任，負責「熊熊食堂」和「熊熊的休憩小店」等等的財務工作。

修莉
菲娜的妹妹，七歲。時常緊跟在母親堤露米娜身邊，幫忙「熊熊的休憩小店」的工作，是個勤奮的女孩。最喜歡熊熊。

莫琳
丈夫在王都留下的麵包店差點遭到抵押時，受到優奈的幫助。此後和女兒卡琳一起在「熊熊的休憩小店」做麵包。

安絲
密利拉鎮的旅館女兒。料理的手藝被優奈發掘，於是前往克里莫尼亞。負責在「熊熊食堂」掌廚。

王都

艾蕾羅拉・佛許羅賽

克里莫尼亞領主夫人，三十五歲。平常在國王陛下身邊工作，居住在王都。人面很廣，經常在各方面幫助優奈，但有時候有點強勢。

賽雷夫
王宮料理長。被優奈的各種料理深深感動，向優奈請教食譜。正在計劃以優奈的食譜為基礎在王都開店。

芙蘿拉公主
艾爾法尼卡王國的公主。稱呼優奈為「熊熊」，非常親近她，也很受優奈的喜愛，曾收到繪本作為禮物。

235 熊熊往精靈村落出發

從拉魯滋城出發的我和莎妮亞小姐、露依敏騎著熊緩與熊急，朝精靈村落前進。

自從拿回手環，露依敏的笑容就變多了。不過，我也是看到她現在的笑容後才發現，她先前應該都只是強顏歡笑吧。

「就快到了呢。」

騎著熊緩的露依敏開口說道。

「真的呢，沒想到可以這麼快抵達。」

據莎妮亞小姐所說，今天之內似乎就能抵達了。

在熊緩和熊急前進的方向有一座廣闊的森林，精靈所居住的村落好像就位於那座森林深處。

這裡這麼廣闊，要是沒有熊熊地圖的技能，肯定會迷路。

不過，要是真的迷路，還能爬到樹上確認，應該沒問題。

這座森林就是這麼廣闊又幽深。

熊緩與熊急抵達了森林入口。

附近沒有類似道路的地方。

該不會要在茂密的樹林裡前進吧？正當我不安地這麼想——

「前面有路可以走。」

我們按照莎妮亞小姐所說的，往前走了一陣子，便看到可供一輛馬車通過的寬敞道路。

熊緩與熊急在這條路上並肩前進。

雖然樹木很茂密，枝葉之間還是有陽光照射下來。

一想到前面有精靈的家鄉，我就覺得好期待。如果有什麼有趣的東西或是美味的食物，就太令人高興了。

「話說回來，真令人懷念呢。」

「妳好像十年沒有回來了吧？」

我這麼問。

「其實我記不太清楚了，精靈不太會在意這種事，我還以為時間沒有過那麼久呢。」

精靈或許覺得很短暫，但對我來說，十年可是漫長的歲月。

「姊姊確實有十年沒回來了。」

「妳說得還真肯定。」

「等妳回到村裡就知道了。」

露依敏這麼斷言，但沒有再繼續說下去。

熊緩與熊急繼續前進。途中有一條小河，但也有架著橋，所以熊緩與熊急的水上步行沒有機會用上。

在過了橋的那瞬間，我有種奇怪的感覺。

感覺就像是整個身體觸碰到了薄膜般的魔力。

我想知道這種感覺究竟為何，正在左顧右盼的時候，莎妮亞小姐對我說道：

「妳是不是有什麼感覺？」

「過了橋的瞬間，我全身都感覺到類似魔力的奇怪東西。」

我坦白說出自己的感覺。

真是難以說明。

魔力的薄膜聽起來有點莫名其妙。

「優奈很敏感呢，妳大概是感覺到進入結界的瞬間了吧。」

「結界？」

「普通人進入結界時是不會有感覺的。能感覺到的，大概也只有設下這道結界的我們了吧？」

「嗚嗚，我都沒有感覺。」

看來就連身為精靈的露依敏也沒有發現。

「為什麼優奈小姐感覺得到？」

應該是因為熊熊裝備吧。多虧有它我才能感覺到。要是脫掉裝備，我應該就感覺不到了。

「看來結界確實有發動呢。」

「可是，有時候會有魔物跑進來。爺爺說可能是結界變弱了。」

「我是不太清楚啦，但既然爺爺這麼說，應該就是了吧？」

「妳們的爺爺是村裡的長老對吧？」

「是呀，爺爺是個親切的人，一定也會歡迎優奈的。」

進入結界後，熊緩與熊急繼續沿路前進。

雖然道路只有一輛馬車的寬度，依舊不斷往前延伸。

還沒到嗎？

過河之後，已經前進了相當長的距離，卻還沒到。

若熊緩和熊急用跑的，或許可以馬上抵達，但為了不要驚擾到森林裡的動物，莎妮亞小姐交代牠們不要奔跑，於是熊緩和熊急正在緩緩前進。

我使用熊熊探測的技能，確認精靈村落是否在附近。如果夠近，應該會有人的反應。

咦，什麼？

探測技能顯示，我們周圍有四個人。

左右各有兩個人。

反應正跟著我們移動。

我們該不會是被跟蹤了吧？

我望向有反應的地方，但對方可能是躲起來了，我看不到人影。

可能是精靈吧，可是為什麼要跟在我們後面？

如果我是一個人，那還說得過去，但我身邊還有莎妮亞小姐和露依敏在，我不知道有什麼必要跟蹤我們。

他們沒有攻擊我們，只是隔著一定的距離跟在後面。即使有這麼做的理由，依然令人心神不寧。

其中一個反應移動到後面，又有另一個反應移動到右斜前方。

這樣就變成左右、後方、右斜前方的陣形了。我們被包圍了。

「莎妮亞小姐。」

「什麼事？」

「我們好像被精靈包圍了，該不會是我害的吧？」

姊妹倆對我說的話感到驚訝，瞪大了眼睛。

「優奈，妳早就發現了嗎？」

「真、真的嗎！」

莎妮亞小姐好像早就發現了。可是露依敏似乎沒有發現，她開始環顧四周。

「優奈真厲害。普通人應該不會發現，看來跟蹤的人還有待磨練呢。」

其實這是探測技能的功勞，但我實在說不出口。

要不是有探測技能，我也不會發現有人尾隨我們。

「連我也要集中精神才能勉強感覺到呢。」

「這個樣子沒關係嗎？」

「有我們在，沒關係的。」

「可是，有必要派四個人來跟蹤嗎？」

「優奈，妳連人數都知道嗎！」

啊，說溜嘴了。

我直接說出了探測技能偵測到的人數。莎妮亞小姐似乎以為我只是隱約察覺到。我連人數都能正確答出，讓她很驚訝。

稍微說溜嘴了啊。

「既然妳知道人數，那也知道他們在哪裡嗎？」

我可以回答嗎？

可是，我都已經說中人數了，就算說謊也沒有意義吧。

「左右共兩個人，後方一個人，右斜前方一個人。」

「優奈小姐，真的嗎！我完全沒發現。」

露依敏看了看左右、後方、右斜前方，依舊摸不著頭緒。

我也是靠探測技能才能察覺，沒有它就辦不到了。

「大概是因為有熊緩和熊急在吧。因為我們騎著熊出現，他們才會嚇到。」

「他們應該不會突然發動攻擊吧？」

「不會啦，優奈真愛瞎操心。」

說完，莎妮亞小姐將視線轉向森林。

「拉比勒達～～～～！」

她朝森林裡大喊某人的名字。

過了一陣子，斜前方的樹木開始搖晃，飄下幾片樹葉。

樹上站著一名男性精靈。

「妳早就發現了嗎？」

男人出聲說道。

是個帥哥精靈。

精靈大部分都是帥哥美女，這個印象似乎是正確的。莎妮亞小姐是個美女，露依敏也長得很可愛，而站在樹上的精靈也是個帥哥。

「拉比勒達，好久不見了。」

「是啊，不過，真虧妳能發現我在。」

「監視這座森林不就是你的工作嗎？」

「是啊。話說回來，妳為什麼騎著熊？」
名叫拉比勒達的精靈看著我們騎著的熊緩與熊急。
「很可愛吧。如果你是在擔心牠們，那你可以放心。」
「那邊的熊也是嗎？」
拉比勒達轉頭看向我。
「你覺得她看起來危險嗎？」
「……不覺得。」
「既然這樣，可以不要再跟著我們了嗎？」
「……我知道了。我會先回村裡報告。」
拉比勒達稍微思考了一下，然後答道。
「也要記得跟其他三個人說喔。」
聽到莎妮亞小姐這句話，拉比勒達的臉色變了。
「莎妮亞，妳連人數都知道嗎！」
「左右共兩個人，後方有一個人。」
莎妮亞小姐面帶微笑，照實說出我告訴她的情報。
這番話讓拉比勒達更驚訝了。不過，莎妮亞小姐馬上就揭開謎底：
「其實察覺了人數的是這位打扮成熊的優奈啦。一直被跟蹤的感覺很不舒服，所以她希望你們別再這樣了。」

莎妮亞小姐轉頭看著我。

「呃……」

我可沒有說到那種地步。

雖然我有說被跟蹤，但沒有說不舒服，我只是擔心會被攻擊而已。

「是那邊的熊發現的嗎？」

拉比勒達用觀察般的眼神看著我。

「雖然優奈打扮成這副可愛的樣子，但你可別想挑釁她喔。」

「我不會那麼做。好吧，我會叫其他三個人離開，這樣就可以了吧？」

「拜託你了。還有，我會跟這些孩子一起回村裡，你先提醒大家別嚇到了。」

莎妮亞小姐撫摸她騎乘的熊緩。

「知道了。」

拉比勒達只說了一句話，便消失到森林中。

不過，因為我有用探測技能，所以看得到他離去的樣子。

然後，或許是笛聲吧，一道小小的聲音響起後，我們周圍的三個人也開始移動。

看來他確實遵守了約定。

「那麼，我們也走吧。」

「莎妮亞小姐，剛才的人是？」

「算是這座精靈森林的守衛吧。」

「為什麼森林的守衛要跟蹤我們？既然他也認識莎妮亞小姐，應該沒必要特地跟在我們後面吧？」

「因為基本上，會來拜訪這座精靈森林的人只有商人或旅人。我想他應該是對熊緩和熊急，還有優奈的打扮感到驚訝吧。可是經過剛才的對話，他已經知道沒有危險，應該不用再擔心了。」

那就好。

載著我們的熊緩和熊急繼續前進，穿越森林。前方有一片田地，也漸漸可以看到房屋。我們終於抵達精靈村落了。

236 熊熊抵達精靈村落

一進到村裡，就有精靈出來迎接我們。

可能是因為剛才的精靈的聯絡，他們才會聚集過來吧。

十年沒有回來的莎妮亞小姐明明應該是視線的焦點，眾人的目光卻都聚集在我和熊緩與熊急身上。孩子們都帶著閃閃發亮的眼神看著熊緩與熊急。

一個以普通人類的標準來說大約四十歲的男性精靈從人群中走了出來。

「莎妮亞，好久不見了。」

「爺爺，我回來了。」

「露依敏把莎妮亞帶回來了，做得很好。」

聽到這番話，露依敏顯得很開心。

看來他好像是莎妮亞小姐和露依敏的爺爺。可是他看起來一點也不像是當爺爺的年紀，只像是個四十幾歲的叔叔。既然爺爺的外表這麼年輕，莎妮亞小姐的父母一定看起來更年輕。

精靈真可怕。

「莎妮亞、露依敏！」

「媽媽！」

莎妮亞小姐正在跟爺爺對話時，一個年輕的女性精靈來了。既然稱呼她為媽媽，就表示她是姊妹倆的母親吧。

她還真年輕，長得和姊妹倆很像，就算說她是她們的姊姊也不奇怪。

「爸，有話可以等明天再說嗎？這些孩子才剛大老遠回來。」

「是可以，不過在那之前可得請她們先介紹一下客人。」

爺爺看著我和熊緩與熊急。

他的意思是要我自我介紹嗎？

我正要開口的時候，爺爺先說話了：

「我是這個村落的長老，名叫穆穆祿德。妳應該已經知道了，我是露依敏和莎妮亞的祖父。」

他早我一步打了招呼。

「我叫做優奈，是個冒險者。莎妮亞小姐在冒險者公會很照顧我，這次是我拜託莎妮亞小姐帶我一起來的。我會小心別添麻煩的，暫時要麻煩各位照顧了。」

為了有良好的第一印象，我禮貌地打招呼。

只不過，因為我穿著熊熊布偶裝，所以不知道第一印象能改善多少就是了。

「那兩隻熊是妳的嗎？」

穆穆祿德先生望向熊緩與熊急。

「牠們是我的熊召喚獸。黑熊叫做熊緩，白熊叫做熊急。」

為了證明牠們是召喚獸，我召回熊緩與熊急。

於是周圍的人們發出驚訝的聲音。

我還聽到孩子們難過地說著「熊熊不見了」的聲音。

「我知道了。其他人可能會嚇到，所以請妳盡量不要在村裡召喚牠們。」

不知情的人在村裡看到熊緩與熊急可能會嚇到，所以我聽從穆穆祿德先生的建議。

「莎妮亞，妳要好好照顧客人。」

「好，當然沒問題。」

「妳叫做優奈吧。妳遠道而來，我們歡迎妳這位客人。雖然可能有點匆忙，但希望妳能悠閒地度過。」

「謝謝你們。」

「莎妮亞，明天早上記得來我這裡。」

「我知道了。」

穆穆祿德先生離開了。取而代之地，露依敏帶著母親走了過來。她非常年輕，不像是當媽媽的人。

「優奈小姐，她是我媽媽。」

「我是塔莉雅。我女兒好像受妳照顧了。」

近看也是個美人。我怎麼看都不覺得她是兩個孩子的母親。

「我是優奈，職業是冒險者。莎妮亞小姐很照顧我。」

「妳真有禮貌。不過，王都的人都穿像妳這樣的衣服嗎？」

塔莉雅小姐向我問了關於服裝的問題。

為了解除誤會，這時候還是老實回答比較好吧？

「是的，王都的人都這麼穿。」

「優奈小姐！請不要對我媽媽說慌。她很少離開精靈村落，真的會相信的。媽媽，妳不要當真喔，完全沒有任何人穿得像優奈小姐這樣。」

我使出渾身解數的玩笑話瞬間被指正。

如果是在克里莫尼亞，有很多孩子會在我的店裡穿類似的衣服，我可沒有說謊。

所以，完全沒有人這麼穿並不是事實。

「哎呀，是嗎？明明很可愛，我還想說要給露依敏做一樣的衣服呢，真可惜。」

「我才不要呢，太令人害臊了。」

露依敏剛才說她才不要，而且還說很令人害臊，她果然是用這種眼光看我的。

「因為穿的人是優奈小姐，所以才可愛。」

我一點也沒有被讚美的感覺。

「呵呵，莎妮亞帶來的女孩真有趣。妳大老遠來這裡，一定累了吧，詳細情形就等回家再說吧。」

我跟著塔莉雅小姐一起前往他們的家。露依敏走在好久不見的母親身邊，看起來很開心。莎妮亞小姐也跟在她們後面。那麼久沒有見到母親了，她明明可以像露依敏一樣向媽媽撒嬌的，可能是年齡讓她覺得害羞吧。

走了一陣子後，我們抵達一棟比周圍的房子更大一點的家。

「我們家有點小，但請好好休息吧。」

這麼說對周圍的房子太失禮了啦。

露依敏打開門，第一個走進家裡。

「我回來了～」

「姊姊？」

一進到家裡，就有個精靈男孩從深處的房間探出頭來。因為他是短髮，所以應該不是女生，可是如果把頭髮留長，搞不好會變成美少女。

「路卡，我回來了。」

「姊姊！」

名叫路卡的精靈男孩被露依敏喚了，就小跑步過來。

「你有乖乖看家嗎？有沒有為難媽媽？」

「我有乖乖的喔。」

路卡開心地抱住露依敏。然後，露依敏摸了摸他的頭。

年齡大概是七八歲左右。

既然他稱露依敏為姊姊，就表示他是露依敏和莎妮亞小姐的弟弟吧，他們的確有點像。

正當我這麼想的時候，莎妮亞小姐說了出乎意料的話。

「露依敏，那孩子是誰？」

莎妮亞小姐看著精靈少年這麼問道。

「他是我們的弟弟，路卡。」

「因為這孩子（路卡）出生之後，妳一次都沒有回來過，所以不知道。」

塔莉雅小姐對長年沒有回家的女兒嘆了一口氣。

看來在莎妮亞小姐不知情的狀況下，家庭成員增加了。

在路卡這孩子出生之後一次都沒有回來過，難怪她會不知道了。

「真是的，既然我有了弟弟，你們至少要聯絡我吧。」

可是不回家的人也有錯。我是覺得家人應該要聯絡一聲，但在這個情況下應該是莎妮亞小姐不對。

「我們心想等妳回來再告訴妳就好，結果妳完全沒有回來。」

莎妮亞小姐無奈地嘆氣。

路卡放開露依敏，看著我們。

「有熊熊和陌生人耶。姊姊，她們是誰？」

有陌生人進到家裡，路卡有些不安地向露依敏問道。

他說的熊熊肯定是指我吧。這麼說來，陌生人指的就是莎妮亞小姐了。被說是陌生人，莎妮亞小姐露出有些悲傷的表情。

這終究還是只能怪莎妮亞小姐將近十年沒有回來。

「打扮成熊熊的是優奈小姐，我們是在王都認識的，然後這一位是我們的姊姊喔。我之前不是說過，你還有另一個姊姊嗎？」

「姊姊？」

莎妮亞小姐走到路卡面前，蹲下來配合他的視線高度。

「呃，路卡，這是我們第一次見面呢。我叫做莎妮亞，是露依敏的姊姊，也是你的姊姊，所以如果你能叫我姊姊，我會很高興的。」

聽完說明的路卡猶豫了一下，然後害羞地看著莎妮亞小姐，開口喚道：

「莎妮亞姊姊？」

「嗯。」

被稱呼為姊姊，莎妮亞小姐很高興。

等我回到克里莫尼亞，就會有許多弟弟妹妹叫我姊姊，所以我並不羨慕。不知道孤兒院的孩

子們和菲娜過得好不好，晚上再用熊熊電話向菲娜報告我抵達的消息好了。

我也向路卡打招呼：

「我是受了莎妮亞小姐照顧的優奈，請多關照嘍，路卡。」

「嗯。」

路卡一臉害羞地躲到露依敏身後。

露依敏帶著打完招呼的我來到屋內的房間。

「話說回來，我真沒想到自己已經有弟弟了。路卡，你今年幾歲？」

莎妮亞小姐向路卡問道。

「……八歲。」

「所以我才說姊姊已經有十年沒有回家了。」

這就是莎妮亞小姐沒有回家的鐵證，沒有什麼證據比這更明確了。

「不過這麼一來，未來的長老就誕生了，太好了。」

「姊姊，妳就是因為不想當長老，才會離開村落的吧？」

原來她是基於這種理由才離鄉背井啊。

「我才不是因為那樣才離開的，我只是想看看外面的世界而已。」

「那麼，十年都沒有返鄉的女兒有打算回村裡生活嗎？」

塔莉雅小姐端著放了飲料的托盤走來。

露依敏一看到她就上前幫忙，把杯子分給大家。

「媽……」

「妳覺得呢？是不是差不多該結婚生小孩了？」

「結婚還太早了啦，而且我現在工作得很快樂。」

我聽說有很多人就是這樣錯過適婚年齡的，但長壽的精靈或許不要緊吧。

「……這麼看來，我是不是要再等好幾十年了？」

塔莉雅小姐用手撐著臉頰嘆氣。

好幾十年也太久了，久到不行。精靈真是不得了。

「可是，既然有路卡在，我不生小孩也沒關係了吧？」

「這麼說或許沒錯，但我也想早點抱孫子嘛。要等路卡長到像妳一樣大，大概還要再等一百年吧。」

真是有夠久。

「他也可以早點結婚吧。」

「不行啦，我不要那麼早就把他交給老婆。」

塔莉雅小姐抱住路卡。

我已經不知道該從哪裡開始吐槽了，我們的時間感完全不同。

「既然這樣，妳還可以指望露依敏呀。」

「姊姊！不要把我拖下水啦。」

「露依敏嫁得出去嗎？」

「嗚嗚，媽媽太過分了。」

「我可以跟姊姊結婚喔。」

「路卡～謝謝你。」

露依敏高興地抱住弟弟。

「姊弟不能結婚啦，所以路卡要跟媽媽結婚。」

「母子也不能結婚啦！」

最後莎妮亞小姐這麼大叫。

這個家裡連露依敏都是負責裝傻的，簡直一發不可收拾。要是莎妮亞小姐不在，就沒有人負責吐槽了，這樣沒問題嗎？

還是說不在場的爸爸才是負責吐槽的人？

237 熊熊到莎妮亞小姐家裡叨擾

「對了，結界沒問題嗎？」

莎妮亞小姐向塔莉雅小姐問起自己返鄉的理由。

「雖然偶爾會有魔物跑進來，但目前還沒問題。」

「可是，結界變弱是真的吧？」

「是呀，幾個月前開始有魔物跑到結界裡。不過話雖如此，頂多就是每隔幾天會有一兩隻跑進來，可是最近魔物闖進結界的頻率開始增加了，所以妳爺爺才會決定重設結界，把妳叫回來。」

聽說結界變弱的時候，我還想說是發生了什麼大事，原來並不是非常緊急的狀況。

這樣我就可以慢慢探索精靈村落了。

「這麼說來，沒有什麼災情吧？」

「目前沒有什麼災情，因為阿爾圖爾他們會輪流巡視村落周圍，我們頂多只有禁止孩子們出遠門而已。」

塔莉雅小姐看著路卡這麼說。

的確，既然有魔物出沒的可能性，就不能讓小孩子跑到太遠的地方玩。

菲娜以前一個人跑到有魔物的森林找藥草，因此遭遇了危險。我可以理解他們為什麼要讓無力保護自己的孩子遠離危險場所。

「既然如此，就得早點重設結界了。已經決定好什麼時候要進行了嗎？」

「妳明天再去問妳爺爺吧，他說過細節要等妳回來再決定。」

結界是那麼簡單就能重設的東西嗎？

如果是遊戲或漫畫，經常要蒐集各種道具，經過繁雜的步驟才能重設。從她們的語氣聽來，感覺好像沒有那麼辛苦。

既然如此，不知道他們能不能讓我參觀一下設立結界的儀式或魔法。我想起遊戲中出現巨大的魔法陣，令人感動的場景。

難得都來到了這裡，我很想看看設立結界的過程。

可是，莎妮亞小姐說過那是精靈的祕術，所以可能不行吧？

「對了，妳叫做優奈吧。我的兩個女兒好像都受了妳不少照顧。」

塔莉雅小姐轉頭看向我。

「不，沒有那回事……」

我正要否定的時候——

「優奈跟我們一起來，真的幫了大忙。要不是有她在，我們也不會這麼早回來，移動過程也沒辦法那麼舒適。」

「就是啊，優奈小姐的熊真的跑得很快。」

如果沒有熊緩和熊急，我們的確沒辦法這麼早抵達。

「妳們是說那兩隻熊呀。」

只有當時不在場的路卡聽不懂我們說的話，於是他詢問露依敏。

「聽拉比勒達說『莎妮亞和露依敏騎著熊回來了』的時候，我和妳們爺爺還一起疑惑地歪起頭呢。」

的確，聽說女兒騎著熊回到家鄉，任誰都會感到疑惑吧。

「可是，妳們確實騎著熊，優奈也打扮成熊的樣子，我們驚訝得不得了呢。」

路卡和露依敏在後面說著「我也想騎熊熊」、「那我們等一下去拜託優奈小姐」的對話傳了過來。

好吧，我也沒有理由拒絕他們的要求。

「我們沒有什麼能答謝妳的，所以妳想在這裡住多久都沒問題。」

這份心意是讓我很高興，但可以的話，我還是想要搭建熊熊屋。

有了熊熊屋就可以設置熊熊傳送門，也可以隨心所欲地用熊熊電話聯絡菲娜了。

我想盡量避人耳目，所以最好是建在村落邊緣或是森林深處。

「莎妮亞小姐，我可以在這裡搭建自己的房子嗎？可以的話，我想找個不顯眼的地方。」

「優奈的房子呀……我想應該沒問題，但還是要先取得爺爺的許可才行。」
爺爺指的是剛才見到的穆穆祿德先生吧。也對，既然要蓋房子，就得取得長老的許可。
「那麼優奈，妳明天就和我一起去找爺爺吧。」
「可以嗎？你們有重要的事情要談吧？」
「沒關係的，只是問問情況而已。妳今天就在我的房間過夜吧。」
「妳的房間不能住人喔。」
塔莉雅小姐突然駁回莎妮亞小姐的提議。
「為什麼？」
「因為那裡已經變成雜物間了。」
「……為什麼會變成雜物間啊！」
「畢竟妳有十年都沒回來了。啊啊，不過床還是放在原位，還能用喔。我有把棉被換新了，還是可以睡覺的。」
看到塔莉雅小姐的笑容，莎妮亞小姐站起來跑了出去。
然後，莎妮亞小姐的吶喊從後面傳了過來。
「呃，雖然有點小，優奈小姐還是睡我的房間好了。」
熟知莎妮亞小姐的房間是什麼狀況的露依敏這麼提議。
莎妮亞小姐一回來就開始向塔莉雅小姐抱怨，塔莉雅小姐卻用若無其事的表情回嘴：

「既然妳這麼不高興，那就一年回來一次嘛。」

「我怎麼可能那麼常回來？」

「那就這麼留在村裡吧。嗯，真是個好主意。」

「媽……」

莎妮亞小姐垂下肩膀，一副疲憊的樣子。

使用熊熊傳送門就辦得到。可是一般來說，在王都擔任公會會長的莎妮亞小姐不可能輕鬆來回這麼長的距離。

我們聊著聊著，就聽到了開門的聲音。走進屋裡的人是個看似二十出頭的苗條男精靈。

「露依敏、莎妮亞。」

「爸爸。」

露依敏稱走進屋裡的男性為爸爸。

嗯，我就知道。

既然路卡是未來的長老，他就不可能是哥哥。

全家人都集合了，但這種怪異的家庭景象是怎麼回事呢？所有人看起來都像是兄弟姊妹。

「莎妮亞，好久不見了。」

「嗯，我回來了。」

「幸好露依敏有順利把莎妮亞帶回來。」

「我就說了嘛，我沒問題的。」

露依敏得意地回答，但知道她來到王都前經歷過哪些事的我實在很想吐槽。

例如她在王都迷路的事、餓得昏倒在路邊的事、賣掉珍貴手環的事……光是我知道的事情就有好幾件。我想露依敏大概還經歷過其他我所不知道的挫折。

算了，有必要的話，莎妮亞小姐應該會說，所以我決定保持沉默。

只不過，我很佩服露依敏能這麼得意地自誇。

「莎妮亞好像也沒什麼變呢。」

「人沒有那麼容易改變啦。」

「不過，妳能回來真是幫了我們大忙。」

「既然聽說結界變弱的消息，我當然會回來了。」

父親把手放在坐著的莎妮亞小姐頭上，莎妮亞小姐就一臉害羞地撥開了他的手。

然後，父親的視線轉到我身上。

「所以，這位就是跟妳一起來的，打扮成熊的小姑娘啊？」

「我是優奈，這次跟著莎妮亞小姐一起來打擾了。」

我禮貌地對莎妮亞小姐的父親打招呼。

他的名字叫做阿爾圖爾，是莎妮亞小姐、露依敏、路卡的父親。外表很年輕，就算說他是三個孩子的哥哥也不奇怪。

「話說回來，妳真的打扮成熊的樣子呢。從拉比勒達那裡聽說的時候，我還笑著說怎麼可能有這種事呢。」

是的，我就是熊，請儘管笑吧。

我確實打扮成了熊的樣子，所以沒辦法反駁。

「聽說妳有注意到拉比勒達等人的尾隨，拉比勒達非常不甘心呢。」

阿爾圖爾先生笑了出來。

我說不出這是探測技能的功勞。

「我也有注意到喔。」

「方位和人數也知道嗎？」

「這……」

「聽說這位熊姑娘連人數和方位都說對了呢。」

因為探測技能的關係，事情鬧得有點大。

正所謂禍從口出。

「因為優奈是優秀的冒險者嘛。」

可以不要這樣奉承我嗎？要不是有熊熊布偶裝，我的能力還比不上普通的女孩子呢。

「是我的召喚獸注意到的，厲害的並不是我。」

「這麼說來，我也聽說妳有熊的召喚獸。」

我姑且像平常一樣，把探測相關的能力都歸功於熊緩與熊急。

「原來是這樣呀。這麼說來，優奈的熊召喚獸真的很厲害呢。」

莎妮亞小姐似乎能接受我的說明。

不過，我可沒有說謊，熊緩和熊急也能做到跟我相同的事。

「也罷，最近拉比勒達有點太自滿了，這正好是一帖良藥。」

我應該不會被那個人怨恨吧？

「好了，雖然這裡是個什麼都沒有的地方，妳就慢慢休息吧。」

後來，我把熊緩和熊急介紹給路卡認識。路卡一開始靠近牠們時還很緊張，但一碰到熊緩和熊急後，就高興地撫摸牠們，還騎到牠們背上。看到這一幕，露依敏也和他們一起玩了起來。

這段期間，我開始幫忙整理莎妮亞小姐的房間。

莎妮亞小姐的房間除了床鋪以外，其他地方都堆滿了雜物。

這個樣子確實像個雜物間。

「我已經努力整理出床上的空間了。」

塔莉雅小姐一臉得意地說道。

確實只有床鋪是乾淨的。

可是其他地方就……

「既然妳知道我要回來，就全部整理好嘛。」

「我有幫妳把棉被換新了呀。」

塔莉雅小姐只拋下這句話，便走出了房間。

「優奈，對不起。」

如此這般，我們現在正在整理莎妮亞小姐的房間。

「莎妮亞小姐，我在庭院裡蓋了個小倉庫。」

「謝謝妳，幫了大忙。」

我們把莎妮亞小姐房間裡的雜物搬到我在庭院裡蓋的倉庫。

我蓋好倉庫後，塔莉雅小姐也從自己的房間搬了雜物過來。

好吧，反正這本來就是為了放雜物才蓋的倉庫。

照這個樣子看來，這個倉庫也很快就會放滿了吧。

「塔莉雅小姐這個人有點奇特呢。」

「她從以前就是那個樣子，真希望她能變得更穩重一點。啊啊，那個東西是我的，放在這個房間吧。」

我按照莎妮亞小姐的指示，把東西暫時收進熊熊箱，準備搬到庭院的倉庫。我們持續收拾著

堆滿雜物的房間。

莎妮亞小姐房間裡的箱子到底裝了什麼呢？那邊的地上還放著一個壺。

感覺就像是家人把不需要的東西全都隨便塞到莎妮亞小姐的房間裡了似的。

我把房間裡的無用雜物全都收進熊熊箱，然後前往外頭的倉庫。

「優奈，我會叫媽媽整理倉庫的，妳就隨便放吧。」

我按她的要求，隨意擺好雜物，然後回到莎妮亞小姐的房間。房間變得乾淨多了。

「優奈，謝謝妳，這下子總算能睡覺了。」

莎妮亞小姐躺到床上。

我本來打算去跟露依敏一起睡，卻被路卡占了位子，結果還是在莎妮亞小姐的房間睡覺了。

238 熊熊拜訪精靈長老——穆穆祿德先生

隔天早上吃完早餐後，我和莎妮亞小姐出發去拜訪這個村落的長老，同時也是莎妮亞小姐的祖父的穆穆祿德先生。

莎妮亞小姐要去詢問結界的狀況，我則是要去取得搭建熊熊屋的許可。

我們一出門，注意到莎妮亞小姐的人們就靠了過來。

「莎妮亞，妳回來啦。這位就是打扮成熊的女孩子吧？」

對方看著我，於是我淺淺地低頭打招呼。

「黑熊和白熊不在呀？」

「因為穆穆祿德先生請我盡量不要在村裡召喚牠們。」

我這麼說明，大家便露出有點遺憾的表情。

我們一路向村民們打招呼，抵達了穆穆祿德先生的家門口。

穆穆祿德先生的家距離莎妮亞小姐的家並不遠，房子大小和莎妮亞小姐的家差不多，聽說住在這個家裡的只有莎妮亞小姐的祖父母兩人。

「爺爺，我來了。」

莎妮亞小姐沒有敲門就開門走進家中。

我不知道該不該擅自跟進去，但還是跟著她走進家門。

家裡沒有人回應，但莎妮亞小姐依舊自顧自地走向深處的房間。

鄉下的人都是這樣的嗎？不論如何，我也跟了上去。

我們走進深處的房間，看到穆穆祿德先生盤坐在一張大墊子上，旁邊坐著一位年齡與穆穆祿德先生相仿的女性精靈。

「是莎妮亞啊，昨天的熊姑娘也一起嗎？」

「奶奶，我回來了。」

雖然被稱作奶奶，看起來卻不像那個年紀。她和穆穆祿德先生一樣，看似只有四十幾歲。

看到莎妮亞小姐來訪，奶奶非常高興。

「歡迎回來。這位就是傳聞中的熊姑娘吧？」

「我是優奈。」

我輕輕低頭打招呼。

「我是貝娜。妳真的打扮成熊的樣子呢。那麼，我去泡些茶來吧。」

奶奶（雖然一點也不像）站起身來，走向屋子深處。

「對了，為什麼熊姑娘也一起來了呢？」

我向穆穆祿德先生說明我來訪的理由。

「妳要住在這個村落嗎？」

「優奈有移動式的房子啦，她好像想請你允許她把房子放在這裡。」

我打算請長老暫時讓我把房子放在這個村落。

「不能住在莎妮亞家嗎？」

「有自己的房子，我在各方面都比較方便。」

結果，我昨天找不到機會使用熊熊電話，沒能和菲娜聯絡。

而且如果不是住在自己家裡，我也無法放鬆。

所以可以的話，我想要搭建熊熊屋。

「就算是在村落邊緣或是結界的角落也沒關係，可以讓我放房子嗎？」

聽完我的請求，穆穆祿德先生撫著下巴沉思。

比起村落內，我個人比較希望能蓋在結界的角落。

「優奈的打扮雖然奇怪，卻是個很好的人。她幫助過我好幾次，也很照顧露依敏，我可以擔保優奈的為人，如果她給村落添了麻煩，我會負責的。」

莎妮亞小姐幫我說服穆穆祿德先生。

她願意信任我，我衷心地感到高興。我不會給莎妮亞小姐和住在這個村落的精靈添麻煩。

「小姑娘為什麼會來到這裡？」

「她來這裡好像只是因為對我們精靈生活的地方很感興趣。」

「真是個好奇心旺盛的小姑娘啊。」

「不過，有件事最好能注意一下。」

「注意什麼？」

穆穆祿德先生的眼神變了。

莎妮亞小姐到底想說什麼？我用眼神對莎妮亞小姐說「不要說奇怪的話」，可是我的暗示沒有用。

「優奈是個超乎常理的人，她做的每件事總是讓人驚訝。」

莎妮亞小姐笑著對穆穆祿德先生這麼說。

嗚嗚，我做的事情有那麼超乎常理嗎？……我試著回想自己做過的事……好像有耶？

「超乎常理啊……我會注意的。」

說完，穆穆祿德先生轉頭看向我。

「我了解了，妳可以自由搭建房屋。」

「謝謝長老。」

總算是取得設置熊熊屋的許可了。

因為莎妮亞小姐的關係，我被當成了怪人，但能順利得到許可真是太好了。

「那麼，我可以蓋在哪裡呢？」

「哪裡都可以，記得不要給附近的人添麻煩就好。」

「好的。」

我的事情已經談完了，所以我打算走出房間，卻被穆穆祿德先生制止。

「我們準備了茶水，而且我也想聽聽莎妮亞在王都過得如何。莎妮亞的事情很快就能談完，妳就等一下吧。」

「我在場也沒關係嗎？」

「沒關係。就算聽見我們說話，妳也無法理解內容的。」

這話的意思是我很笨嗎？還是因為他們要談有關精靈的事情，所以我無法理解呢？

算了，既然我在場也無所謂，那我決定留下來。

要是能聽說結界的事和村落的現狀，那就再好不過了。情報是很重要的。

莎妮亞小姐的奶奶（看不出來）端了茶和水果來，於是我一邊享用，一邊聽著祖孫倆的談話。

「那麼……莎妮亞，妳已經、知道、多少了？」

「我只聽……露依敏和媽、媽大概說過。」

嗯？兩人一開始說話，我就變得難以聽清對話的內容。

我明明有好好掏耳朵。

雖然沒什麼意義，我還是試著搖了搖頭。

「是……嗎？其實闖進結界的魔物相當多，但這還只有少部分的人知道。」

「真的嗎！」

我又能聽清楚了。

回家後或許該再清清耳朵了。

話說回來，情況似乎和昨天從塔莉雅小姐那裡聽說的不太一樣。

「所以拉比勒達他們才會去巡視村落周圍。妳們回來的時候，他們也負責了護衛。」

啊啊，原來不是因為我很可疑才會跟蹤我們啊。

既然如此，我說被跟蹤的感覺很不舒服，好像有點太傷人了。

不對，那麼說的人是莎妮亞小姐，不是我。好吧，其實我心裡也有那麼想。

「情況那麼危險嗎？」

「是啊，結界的漏洞似乎變大了，魔物的數量正在慢慢增加。」

結界的狀態果然很危險。

「那麼，只要重設結界就行了吧？」

聽到莎妮亞小姐這麼說，穆穆祿德先生搖了搖頭。

「我一開始也認為只要重設結界就行了，但事與願違。」

「什麼意思？」

「為結界提供魔力的神聖樹被寄生樹寄生了。」

「神聖樹被寄生樹寄生！」

莎妮亞小姐發出驚訝的聲音。

神聖樹？那是什麼？簡直就像會出現在遊戲或漫畫裡的奇幻名詞。

可是，那種樹被寄生樹寄生了？

我記得在遊戲裡，寄生樹是植物型的魔物。

他們會寄生在森林的樹上，靠著吸收樹的養分來成長。因為外觀看起來就像藤蔓攀附在樹上，所以無法判斷那是寄生樹。

而且，寄生樹會用長長的藤蔓綑綁靠近他的人、動物或魔物等獵物，加以捕食。

「妳小聲點。」

「對不起。那是真的嗎？」

「我們是在叫露依敏去找妳之後才發現的，大概已經被寄生一段時間了吧，可是我們卻都沒能發現。」

「寄生樹是從哪裡來的？」

「或許是鳥類把種子帶來的。不論原因為何，神聖樹確實是被寄生樹寄生了。」

「也對。那麼，連爺爺和爸爸都無法打倒寄生樹嗎？」

「如果能早點察覺，我和阿爾圖爾兩個人就能應付了，但為時已晚，寄生樹已經長大了。都怪我輕率地認為只是結界有漏洞，一直認為事情和神聖樹沒有關係。」

「可是，你們應該有確認過吧？」

「當時還沒有受到寄生樹影響的跡象，所以我想說等妳回來再處理就好。不過在露依敏出發後不久，闖進精靈森林的魔物數量日漸增加，因此，我們又去確認了神聖樹的狀況……」

「就發現寄生樹……」

「已經太遲了。」

「我了解情況了。那麼，該怎麼辦？沒辦法重設結界，追根究柢來說，如果不打倒寄生樹，村落就糟糕了。」

「我要解除結界，然後召集村裡能戰鬥的人，打倒寄生樹。」

穆穆祿德先生用堅定的語氣這麼說道。

「原來情況已經那麼嚴重了。」

我也沒有想到。

「因為是在露依敏出發之後才發現的，所以她才不怎麼慌張呀。」

也對，如果情況很糟，當初也不會叫露依敏去找莎妮亞小姐了。

「我還想說這趟旅程對露依敏來說會是很好的經驗。」

「的確如此。不管是好或壞，她好像都經歷了許多。」

嗯，說得沒錯。莎妮亞小姐沒有對父母或穆穆祿德先生提起手環的事，真是個體貼的姊姊。

不過，神聖樹是什麼呢？

從名稱來看，感覺就像是什麼傳說之樹。有什麼不懂的事情，發問就好。

「莎妮亞小姐，神聖樹是什麼？」

「神聖樹就是守護我們精靈的大樹。他具有強大的魔力，為了替整座森林設下阻擋魔物的結界，我們會借用他的力量。」

「原來如此。」

擁有魔力的大樹啊，真的就像是傳說之樹呢。

「可是，為什麼要特地解除結界？」

「啊啊，那是因為保護神聖樹的結界是另外設下的。包含村落在內，圍起整座森林的結界是用來排除魔物的，而神聖樹的結界是為了防止其他人靠近。能夠進入神聖樹結界中的，只有爺爺、爸爸和我這三個人……」

啊啊，所以結界共有兩道，保護神聖樹的結界只有莎妮亞小姐等三個人能夠進入。我終於聽懂了。

「……等一下。」

莎妮亞小姐用驚訝的表情看著我。不，連穆穆祿德先生也是。

「優奈，妳聽得懂我和爺爺說的話嗎？」

「聽得懂啊。」

這話是什麼意思？他們該不會以為我是聽不懂人話的笨蛋吧？

「小姑娘，妳聽得懂精靈的語言嗎？」

精靈的語言？是指精靈語嗎？

我看著祖孫倆驚訝的樣子，這才發現他們剛才說的好像是精靈語。

既然如此，我能聽懂精靈語，應該是異世界語言的技能。看來異世界語言似乎也能讓我聽懂精靈語。這下子傷腦筋了。可是，就算現在才謊稱自己聽不懂也沒有意義。

「嗯，抱歉瞞著你們。」

「沒關係，我沒想到優奈連精靈語也聽得懂。我們在村裡基本上都是說標準語，但談到不想被外人聽見的話題時就會說精靈語。」

「不覺得小姑娘能聽懂精靈語，就這麼把話說出口是我們不對。因為除了精靈以外，幾乎沒有人懂精靈語。」

「話說回來，真沒想到優奈聽得懂精靈語。」

是啊，我也沒想到。我也是現在才知道這個世界上有所謂的精靈語。

穆穆祿德先生要開始說話時，是因為認為我聽不懂精靈語，才會說我無法理解談話的內容吧。原來他的意思不是我很笨。

「我是不是應該暫時離開？」

「不，已經無所謂了。我只是不希望遠道而來的小姑娘因此感到不安。可以的話，我希望妳身為莎妮亞的朋友，回去之前可以在村裡玩得開心。」

穆穆祿德先生的體貼讓我過意不去。

因為技能的關係，我背叛了他的這份心意。

「那麼，能夠打倒寄生樹嗎？」

「只要集合全村的力量，我想是可以的。最好能找到寄生樹核心的魔石將其破壞掉，那麼做是最快的。」

在遊戲裡也一樣，只要能破壞寄生樹的核心，就能打倒他，原來那就是魔石的位置。在遊戲裡就算破壞了核心也能拿到魔石，所以我還以為核心就是心臟。

不過，要在遊戲裡找出核心的魔石是很困難的，因為那會被藤蔓擋住。如果是在比較高的位置，尋找起來就更困難了。

所以，要在遊戲裡打倒寄生樹，連同被寄生的樹一起燒掉是最輕鬆的方法。可是，這次不能燒掉寄生樹。

如果燒掉寄生樹，神聖樹也會一起著火。明明要保護神聖樹卻燒掉他，那就沒有意義了。

雖然相當困難，但只要精靈們團結起來和寄生樹戰鬥，或許就可以找到寄生樹的核心（魔石）。

「那麼爺爺，你什麼時候要解除結界？」

「愈早愈好。不過在那之前，妳也要去確認一下。」

「我知道了。」

莎妮亞小姐點點頭。

我也想看看神聖樹，可是大概不行吧。

就算是遠遠眺望也好，我很想看看，但我沒有勉強人家。

穆穆祿德先生喝了一口茶，輕輕將視線轉向我。

「那麼熊姑娘，莎妮亞在王都過得如何？她有好好工作嗎？」

「爺爺！」

穆穆祿德先生說的話讓莎妮亞小姐驚叫了一聲。

對了，他把我留下來，就是為了要聊聊莎妮亞小姐在王都的情況。

「可是時間已經很晚了呢。」

莎妮亞小姐提到時間的事，想要藉故逃走。既然情況緊急，現在的確不是聊她的近況的時候。

「阿爾圖爾晚點會過來，因為我們倆單獨過去或許會有危險，所以在阿爾圖爾抵達之前，我們還有時間聊聊。」

「爸爸要來？我可沒有聽說呀。」

「他有點事要辦，再過一陣子就會到了。」

於是在阿爾圖爾先生抵達之前，我開始談起莎妮亞小姐在王都的狀況。

這段期間的莎妮亞小姐不知道喊了幾次「別說了～」。

聽別人談自己的事情，的確很令人害臊。

順帶一提，我可沒有說什麼奇怪的事，我只有提到莎妮亞小姐的帥氣事蹟。

後來，阿爾圖爾先生抵達的時候，我們已經吃完午餐了。

午餐的菜色是蘑菇湯和山菜料理，非常美味。

山菜可以拿來做天婦羅，菇類也可以用在披薩上，又有更多食材可以運用了。

外行人採菇類和山菜是很危險的事，如果能取得就太好了。

239 熊熊和精靈孩子玩耍

話說回來，我完全沒想到異世界語言的技能連精靈語都能翻譯。我不知道這個世界有多少種語言，但就算是其他種族的語言，我應該也能聽懂，真是方便的技能。如果聽不懂對方的語言，溝通起來就很困難了。

只不過，幸好我無法連魔物或動物的語言都聽懂。如果我能理解魔物或動物的語言，應該就無法和牠們戰鬥了。

談完事情的我走出身為長老的穆穆祿德先生的家。

「讓妳單獨行動，我有點不太放心，小心別引起騷動了喔。」

莎妮亞小姐，妳剛才不是才在穆穆祿德先生面前說妳相信我的嗎？

我會避免主動引起騷動，可是麻煩會自己找上我，所以我根本無從防止。因此，我很想說錯不在我，來找我麻煩的人才應該檢討自己。

莎妮亞小姐和穆穆祿德先生與阿爾圖爾先生一起去確認神聖樹了。

和莎妮亞小姐分頭行動的我決定去尋找設置熊熊屋的場地。

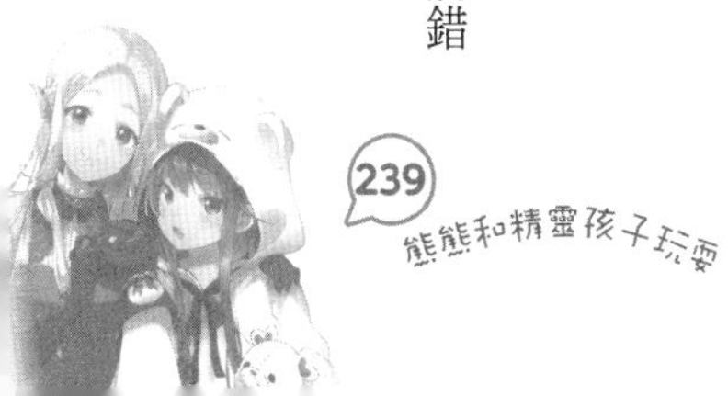

好了，要放在哪裡呢？雖然人家說哪裡都可以，但放在村裡就太顯眼了，可能會引來一大群人。這麼一想，果然應該放在村外。

我也可以向露依敏詢問村外有什麼隱密的地方。

我一邊思考一邊走在路上，就看到了露依敏和路卡，兩人身邊還有一群精靈孩子。孩子們似乎注意到我了，他們的眼神看起來閃閃發光，而我只有不祥的預感。

孩子們聚集到我身邊。

「呃，露依敏，這是怎麼回事？」

「優奈小姐，對不起。」

露依敏露出傷腦筋的表情，向我說明現狀。

①路卡和孩子們一起玩。

②路卡向孩子們說起熊緩和熊急的事情。例如觸感很好、熊毛摸起來很舒服、個性很溫馴、長得很可愛之類的事。

③連露依敏都加入他們的行列。

④孩子們都想見到熊緩和熊急。

⑤這時候我剛好現身。

⑥我被孩子們圍繞。↑現在發展到這裡

這對姊弟到底在做什麼啦？

好吧，總比被說成很危險、很恐怖之類的負面形象來得好，但被捧上天也很令人傷腦筋。

孩子們要求要和熊緩與熊急見面，我無法回絕露出這種眼神的孩子們。

我放棄設置熊熊屋，決定召喚熊緩和熊急來陪孩子們玩。

「因為穆穆祿德先生叫我不要召喚，所以只能一下下喔。」

要是引起大騷動就麻煩了，於是我請孩子們先答應我。

「還有，不可以做會讓熊緩和熊急不開心的事喔。」

可能有孩子會拉扯熊緩和熊急的毛，或是拍打牠們，要是被那麼對待，熊緩和熊急就太可憐了。

所以，我這麼叮嚀孩子們。

「我會看著大家，沒問題的。」

露依敏自告奮勇擔任孩子們的監督者。我信任她，召喚出熊緩和熊急後，有些孩子發出歡呼，有些孩子嚇得躲到露依敏背後，反應各不相同。

露依敏會照顧這些孩子們。

孩子們開心地觸摸熊緩和熊急。不管走到哪裡，熊緩和熊急都很受歡迎呢。

其中也有孩子比起熊緩和熊急，對我更感興趣。

「大姊姊，妳為什麼要打扮成熊熊的樣子？」

一個孩子用純真的眼神向我發問。

她和那些為了滿足自己好奇心的大人不一樣。

「那是因為我受到熊熊的庇佑啊。」

我並沒有說謊。

我確實有受到幾乎稱得上是詛咒的庇佑。

「我也可以受到熊熊的庇佑嗎？」

「嗯～有點難耶，因為精靈會受到風的庇佑。」

「可是我比較想要熊熊的庇佑。」

這下糟了。

如果這個女孩回家對父母說「我不要風的庇佑，我要熊熊的庇佑」的話，她的父母一定會很困擾。只是如此還算好了，要是父母跑來問我如何得到熊熊的庇佑，那就大事不妙了。

我決定說服這個精靈少女。

「對精靈來說，風的庇佑是很重要的，所以不可以這麼說喔。要是大家都有風的庇佑，卻只有妳沒有的話，妳應該也不開心吧？而且如果要獲得熊熊的庇佑，就得打扮得跟我一樣喔。妳想像一下自己長大的樣子吧，如果妳的爸爸或媽媽打扮成我這個樣子，妳會怎麼想？」

我努力說服她。

我每說一句話，ＨＰ好像就會減少，是我的錯覺嗎？

說著否定自己的話，我感到愈來愈悲哀。

多虧我的說服，精靈少女說「好吧，我會努力得到風的庇佑的」，讓我放心了。

雖然我幾乎已經心灰意冷，但這樣一來就能保住這個女孩的未來了。

後來我按照約定，召回熊緩和熊急，孩子們都依依不捨，但我們已經約好了。

我本來打算在這裡道別，去尋找設置熊熊屋的場地，露依敏等人卻說要替我介紹村子，作為剛才的謝禮。我不忍心拒絕這份好意，於是接受了提議。

我帶著孩子們在村裡走著。

村裡雖然有田地，卻好像沒有店家。

「這裡都沒有店家呢。」

「我們會跟偶爾來到村裡的商人買東西，或是到城市採購必需品，所以沒關係的。」

露依敏這麼說明。

村裡有一條小河流經，這裡似乎是孩子們的遊樂場。孩子們一來到小河邊，便開心地玩了起來。

我靠近小河，孩子們就對我潑水。

「啊啊，不可以對優奈小姐做這種事喔。」

露依敏這麼規勸孩子們，不過熊熊布偶裝能防水，所以沒關係。

後來我也繼續跟著露依敏和孩子們在村裡到處參觀。

因為陪孩子們玩而沒能設置熊熊屋的我回到了露依敏的家。

露依敏和路卡去找塔莉雅小姐了。我今天也要在這裡過夜，於是前往莎妮亞小姐的房間。

「歡迎回來。」

去確認神聖樹的莎妮亞小姐已經回來了。

「莎妮亞小姐，妳早就回來了嗎？」

「因為我只是去確認一下而已啊。」

不過，莎妮亞小姐的神情不太對勁。

「所以，有辦法解決嗎？」

「就跟爺爺說的一樣。只不過，情況比我想的還要糟。」

「情況怎麼樣？」

「我們試著切斷了寄生樹的藤蔓，可是他的再生速度很快，如果能找到寄生樹的魔石就好了。因為神聖樹很大，寄生在他身上的寄生樹也長得很大了，所以只能照爺爺說的方法，召集人馬來戰鬥。」

事情似乎沒有那麼簡單。

「看到那棵寄生樹，就讓我很想燒掉他，可是如果燒了寄生樹，連神聖樹都會遭殃，所以不能那麼做。」

果然不能像在遊戲裡那樣。

「而且我們不擅長使用火魔法，或許本來就不可能燒掉寄生樹吧。」

精靈很擅長風魔法，但似乎不太擅長火魔法。

「既然這樣，我也來幫忙好了。」

「妳要幫忙嗎？」

「只要解除結界，我也可以進去那裡吧？」

我想看看神聖樹。

「妳願意來的話，的確是幫了大忙，不過我不能擅自決定，或許會有一部分的人不贊成。重點是，大家都不知道妳的實力，所以就更難說服他們了。」

也對，我畢竟是外人，大家理所當然不會覺得穿著熊熊布偶裝的女孩子很強。

「如果需要幫助的話，就跟我說一聲吧。」

「謝謝妳，到時候就拜託妳了。」

我和莎妮亞小姐一言為定。

「對了，優奈，妳的房子放好了嗎？」

我向莎妮亞小姐說明我們分頭行動後發生的事。

「呵呵，原來妳被孩子們逮到了呀，大家都覺得妳的打扮很稀奇嘛。」

不管走到哪裡，我這副打扮應該都很稀奇。

如果有什麼地方是穿布偶裝也不稀奇的，我還真想知道。

240 熊熊搭建熊熊屋

隔天，我出門尋找設置熊熊屋的地點。

昨天因為被孩子們逮到，我沒能設置熊熊屋。

露依敏和路卡本來想同行，卻得幫塔莉雅小姐的忙，所以不能跟過來。

莎妮亞小姐要和阿爾圖爾先生與穆穆祿德先生商量今後的事，所以出發前往穆穆祿德先生的家了。

人員、對策、什麼時候行動、要對其他村民解釋到什麼程度等等，似乎有很多事情要討論。

「可是在我回來之前，爺爺和爸爸好像就商量過了，所以沒有那麼辛苦。」

莎妮亞小姐這麼說。

我偷偷來到村外，避免被村裡的孩子們發現。

如果把熊熊屋設置在村裡就太顯眼了，所以我打算設置在外面。

雖然不至於像昨天那樣，但孩子們還是有可能會聚集到熊熊屋這裡來。

而且，身為長老的穆穆祿德先生也已經答應我要放在哪裡都可以了。

來到村外的我在森林裡隨意走著。

嗯～有沒有什麼好地點呢？

如果有地方能滿足日照充足、避人耳目、位於結界內這三個條件就好了。

我尋找著理想的地點，走著走著就來到了河邊。

好乾淨的河。

我哼著歌，沿著河邊散步。

一邊聆聽河水流動的聲音，我往上游走去。

……發生一件令人困擾的事了。

因為附近可能會有魔物，所以我用了探測技能，而後發現後方有人的反應一直跟著我。

嗯～為什麼呢？

我應該沒有遭到懷疑吧？

還是說，有人正在護衛我呢？

雖然用跑的甩掉對方是很簡單，但那麼做只會被懷疑罷了。

嗯～到底該怎麼辦呢？

我得不出答案，繼續沿著河邊往上游走去。

途中有一座瀑布，於是我像忍者一樣跳著登上旁邊的懸崖。

懸崖的頂端有一片漂亮的花海。
哦～發現好地方了。
從瀑布上方能看見村落，只要用跑的，不用花多少時間就能抵達村裡。
這裡和精靈村落有一小段距離，而且位於懸崖上，從下方不容易看見。
問題在於跟在我後頭的精靈。
我使用探測技能確認，發現對方已經爬到懸崖上方，待在深處的樹木附近。
是那棵樹附近吧？
嗯～該怎麼辦呢？
經過一番猶豫，我決定出聲搭話。
如果拿出熊熊屋後嚇到對方，對方跑去向村落報告奇怪的事就麻煩了。
「不好意思，躲在那棵樹後面的人，可以請你出來嗎？」
我對那棵樹喊道，卻沒有回應。
從旁人眼裡看來，我這樣應該很奇怪吧？
穿著熊熊布偶裝對樹說話。
這幅景象不管怎麼看都很丟臉。
「不好意思。」
我試著再喊了一聲。

拜託快點出來吧。

我等了幾秒後，有個男精靈從樹的後方走了出來。

我想想，這個人好像是我們進入精靈村落之後跟在我們後面的精靈，我記得他的名字叫做拉比勒達。

拉比勒達緩緩向我走來。

他該不會是生氣了吧？

他的眼角看起來略微地上揚著。

「妳是什麼時候發現的？」

當然是在使用了探測技能的那瞬間了，但我不能這麼說。

所以，我想說是召喚獸熊緩告訴我的，這才發現熊緩和熊急都不在。

嗚嗚，我又失誤了。

我最近經常犯錯。

「妳到底是什麼人？」

我不說話，拉比勒達就主動開口了。

就算他問我是什麼人，我也不知道該怎麼回答。不過，目前我只有一個答案。

「我是冒險者。」

我只能這麼回答。

「那麼，妳在這裡做什麼？」

是因為我一個人在森林裡遊蕩，所以他才會懷疑我嗎？

「穆穆祿德先生允許我在這裡蓋房子，我只是在找適合的地點而已。」

「蓋房子？」

也對，他果然聽不懂。

「我的房子有點特殊，蓋在村裡會引人注目，所以我想找個好地方。」

我坦白說出事實。

說謊也沒有意義，而且我已經取得身為長老的穆穆祿德先生的許可，應該不會有問題。

況且在森林裡巡邏的拉比勒達等人遲早都會發現，我也有向穆穆祿德先生報告房子的地點的打算。

「所以我想在這裡蓋房子，可以嗎？」

我姑且問道。

這裡有可能是對精靈來說很重要的地方。

這裡開著漂亮的花，視野也很好。

「這裡嗎？是無所謂，但妳真的打算在這裡蓋房子嗎？」

「這裡算是在結界裡面吧？」

「是沒錯，但妳應該也多少聽說結界的情況了吧？」

「你是指結界變弱的事吧。」

「是啊，所以即使是在結界內，也會出現魔物，我不建議客人住在這種郊外地區。更靠近村落的地方有我們的同伴，比較安全。」

看來他似乎是在替我擔心。

我還以為你是在懷疑我，對不起。

「我的房子很特殊，所以沒問題的。」

我從熊熊箱裡取出熊熊屋。

兩層樓的熊造型房屋出現在拉比勒達的面前。熊熊屋有客廳、廚房、浴室以及菲娜隨時都可以做肢解工作的倉庫。

「什、什麼！」

看到熊熊屋的拉比勒達露出驚訝的表情。

「這是我的房子。這種房子放在村裡不是很顯眼嗎？所以我才想找個不容易被看到的地點。」

「為什麼是熊的形狀？」

不管是誰，看到熊熊屋都會這麼想。可是，幾乎所有人看到我的打扮就能理解了。

不過，拉比勒達很直接地問了我。

雖然我很想回答不予置評……

「因為我有熊的庇佑。」

我把昨天的孩子問我為何打扮成熊的時候說的答案直接套用在熊熊屋上。真是方便的說法。

「熊的庇佑？」

拉比勒達交互看著熊熊屋和我。他似乎理解了，所以沒有繼續追問下去。

光用一句熊的庇佑就能解釋過去是很方便，但我的心情卻很複雜。

「而且有牠們在就不必擔心了。」

我稍微思考了一下，然後召喚熊緩與熊急。

看到熊緩與熊急，拉比勒達再度露出驚訝的表情。

「是熊的召喚獸啊。牠們很強嗎？」

「很強喔。而且有魔物來時，牠們還會通知我，不會有危險。」

拉比勒達看著熊熊屋、熊緩、熊急，最後把視線轉向我，笑了出來。

「莎妮亞也真是帶了個奇怪的傢伙來呢。」

我第一次見到拉比勒達的笑容。

「我知道了，既然有長老的許可就沒問題。只不過，萬一發生什麼事，我們精靈無法負責，這點我必須先聲明。」

既然我要在遠離村落的地方蓋房子，就要自己負責。就算因此被魔物襲擊，我也不打算怪罪於精靈。

「嗯，沒問題。萬一發生什麼事，我也不會推卸責任的。」

或許是接受了我的說法，拉比勒達轉頭望向村落。

「對了，我還沒有自我介紹。我是拉比勒達，現在負責監視結界內部。如果有魔物出現就告訴我吧，我會馬上處理。」

說了這麼多，他好像還是會顧慮我的安危。

「我是優奈，暫時要受你們照顧了。」

雖然已經從莎妮亞小姐口中得知名字了，我們依然互相自我介紹。

241 熊熊聯絡菲娜

拉比勒達正要回去的時候，熊緩與熊急微微抬起頭，叫了「咿～」的一聲。

怎麼了？

我望向熊緩與熊急看向的方向。

天上有黑色的點。

在移動？

是鳥嗎？

既然熊緩與熊急有所反應，難道是魔物！

我使用探測技能。

有魔物的反應出現。魔物的種類是紅喙鴉。

牠們是比老鷹還要大一號的鳥型魔物。

移動速度很快，數量有十隻。

「怎麼了？」

發現我的反應不對勁的拉比勒達這麼問道。

「有魔物來了。」

我伸手一指，拉比勒達就看了過去。

「歐伯爾山……該不會是紅喙鴉吧！」

拉比勒達看著我指的方向叫道。

紅喙鴉飛來的方向確實有一座山。

看來紅喙鴉可能就棲息在那座山裡。

「結界呢！」

「照那個距離來看，已經進入結界了！」

紅喙鴉已經來到我們能看清牠們外表的距離了。

我們還能看到牠們特有的紅色鳥喙。

在遊戲裡，紅喙鴉的鳥喙有毒，一旦中了毒，身體就會麻痺而無法動彈，是有點麻煩的魔物。

「妳去躲起來！」

拉比勒達對我下指示，瞪著紅喙鴉。

「牠們會攻過來嗎？」

也有直接飛往別的方向的可能性。

「牠們會攻擊我們精靈，所以妳退下。」

正如拉比勒達所說，紅喙鴉在空中滑翔，逐漸靠近我們。

而且，速度變得更快了。拉比勒達擺出攻擊架式，迎戰紅喙鴉。

我決定退到拉比勒達後方掩護他。

既然魔物出現了，我就不能逃走。不過，我也不想妨礙拉比勒達戰鬥。

拉比勒達的風刃襲向衝過來的紅喙鴉。然而，原本集中在一起飛行的紅喙鴉群立刻散開，閃避拉比勒達的風魔法。

紅喙鴉瞄準我們，從四面八方俯衝而來。

「不用擔心我！」

我這麼叫道，準備應對逼近我的紅喙鴉。

拉比勒達只看了我一眼，簡短回應「知道了」。

我和拉比勒達一樣，對逼近自己的紅喙鴉放出風刃。紅喙鴉試圖閃避，但和剛才拉比勒達放的魔法不同，這次距離很近，風刃的速度也很快，從時機來看，牠無法躲開。

我的風刃把紅喙鴉的身體一刀兩斷，並接二連三地打倒後來逼近的紅喙鴉。

拉比勒達也打倒了一些，但有幾隻紅喙鴉逃走了。

他放出風魔法，卻無法觸及紅喙鴉。

「可惡！」

拉比勒達心有不甘地看著紅喙鴉逃走。

他解除架式，回頭看著我。

「妳幫了大忙，謝謝妳打倒紅喙鴉。」

「可是有幾隻逃走了。」

「沒事的，還有其他人在巡邏。區區紅喙鴉，只要不是來偷襲都打得贏。」

只要魔法能擊中，牠們的確不是打不贏的魔物。對不會使用魔法的人來說，牠們很棘手，但對會使用魔法的精靈來說應該沒問題。

「我要暫時回到村裡，順便報告情況，妳打算怎麼辦？」

「我要留在這裡。」

「這樣啊，有什麼事就到村裡來吧。」

拉比勒達對我這麼說完就輕盈地跳到瀑布下，往村落跑去。

他的身影馬上消失於森林。

現場只剩下我和熊緩與熊急，另外還有我們打倒的七隻紅喙鴉掉在地上。

這種魔物可以賣嗎？

再說，我可以收下嗎？

算了，等一下如果他向我要，再拿給他就行了。我暫且把紅喙鴉收進了熊熊箱。

我把熊緩和熊急變成小熊，走進熊熊屋。

待在自己家裡果然舒適。

我坐到沙發上，熊緩和熊急就跳到我的左右兩邊，蜷曲身體。

沒有其他人在的時候，這裡就是牠們的固定位置。

我休息了一陣子，然後拿出熊熊電話，聯絡菲娜。

現在這個時間，她不是待在家裡，就是在孤兒院幫忙堤露米娜小姐的工作。

菲娜過了好一陣子都沒接電話。我有交代她不要在有人的地方接電話，所以附近可能是有其他人吧。

我正打算掛掉熊熊電話的時候，菲娜的聲音傳了過來。

『優奈姊姊？』

順利接通了。

話說回來，我們距離這麼遙遠，竟然還能接通呢。

不愧是神的外掛道具。

我原本的世界有衛星電話，所以幾乎所有地區都能接通。不過，熊熊電話到底是藉著什麼原理在運作呢？真是神祕的道具。

「妳現在方便嗎？」

『是，沒問題。我剛打掃完，也洗完衣服了，正好要休息。』

菲娜今天好像是在家裡做家事。

真是個好孩子。

「妳那邊有發生什麼事嗎？」

『沒有，跟平常一樣。優奈姊姊呢?妳過得好嗎？』

「我平安抵達精靈村落了。」

『太好了。精靈村落呀，我也好想去看看喔。』

「那妳要過來嗎？」

使用熊熊傳送門馬上就能到。

『要是我突然跑過去，莎妮亞小姐會嚇一跳的。』

的確如此。

不過下次再來時，我就帶菲娜一起來好了。為此，我要找地方設置熊熊傳送門才行。

「這麼說來，妳那邊也沒發生什麼事啊？」

『嗯……啊！』

菲娜好像想起了什麼，叫了一聲。

「怎麼了？發生什麼事了嗎？」

『優奈姊姊，妳出門之後過了一陣子，賽雷夫叔叔和艾蕾羅拉大人就來了。』

「賽雷夫先生和艾蕾羅拉小姐？」

艾蕾羅拉小姐拜訪自己的丈夫——克里夫治理的城市是很正常，可是為什麼賽雷夫先生要

來？

「他們該不會有事要找我吧？」

我只能想到這個可能。

『他們也想見優奈姊姊，但好像是為了看看優奈姊姊的店才來的。』

「我的店？」

『嗯，好像說是視察。他們兩個人都有去「熊熊的休憩小店」和「熊熊食堂」吃飯喔。』

啊啊，我想起來了，他們說過想看看我在克里莫尼亞開的店，所以才會來拜訪吧。

「那他們有說什麼嗎？」

『他們都誇店裡的東西很好吃喔。』

畢竟是莫琳小姐做的麵包，涅琳也很努力練習做蛋糕，孩子們都很賣力地幫忙，安絲的料理也很美味。我店裡的每道料理當然都很好吃。

『他們還看著擺在店裡的熊熊人偶笑得很開心呢。』

笑人家的裝潢也太失禮了吧。

畢竟是熊熊的休憩小店，有熊熊也沒辦法。

而且它們很受客人歡迎，我還聽說有很多人都想要呢。

「賽雷夫先生和艾蕾羅拉小姐來拜訪，大家應該嚇了一跳吧？」

『嗯，媽媽嚇了好大一跳喔。』

「其他人呢？」

『因為艾蕾羅拉大人叫我們不要把她是貴族的事情說出去，所以只有媽媽、修莉和我三個人知道。她好像想要參觀店裡平常的樣子。』

「那妳沒有嚇到嗎？」

『我雖然也很驚訝，但沒有媽媽那麼誇張。』

菲娜可能也漸漸開始對貴族免疫了吧。

以前面對貴族的時候，她明明都很緊張。

也對，菲娜最近好像很常跟諾雅在一起，也參加了米莎的生日派對，似乎變得堅強些了。

就這一點而言，堤露米娜小姐跟貴族幾乎沒有交集，見到貴族當然會嚇到了。

「不過，他們是突然來訪的啊，明明可以事先聯絡我的。」

『他們好像想要給優奈姊姊一個驚喜。』

他們倆突然出現的話，我的確會很驚訝。

我一方面想見他們，一方面又慶幸自己沒有被嚇到，感覺有點複雜。

『所以，他們都覺得很失望。』

艾蕾羅拉小姐失望的表情浮現在我的腦海。下次見面的時候我可能會被她說個兩句吧？

「那賽雷夫先生他們回去了嗎？」

『是的，他們待了大概兩天，說必須馬上回到王都就走了。』

看來他們真的只是來視察我的店。
『他們請我向優奈姊姊打聲招呼。』
「還有發生其他的事情嗎？」
『嗯～沒有什麼特別的事了。』
菲娜稍微思考了一下，這麼回答。

後來我們閒聊了一陣子才結束通話。
既然有發生這種事，菲娜其實可以聯絡我的。
可是就算接到聯絡，我也什麼都不能做，所以或許都一樣吧。
在莎妮亞小姐和露依敏面前，我不能用熊熊電話，也無法回到克里莫尼亞。
而且就算能躲起來使用熊熊電話，我對菲娜下達各種指示也有點奇怪。所以，這樣或許也好。

242 熊熊幫忙擊退魔物

隔天早上，被熊緩和熊急的拍拍攻擊叫醒的我往村落走去。

我在途中遇到三隻紅喙鴉。要是孩子們被襲擊就糟糕了，所以我順手打倒了牠們。

嗯～結界裡有這麼多魔物的話，感覺結界好像沒有發揮作用。

到頭來，結界變弱到底是怎麼一回事呢？

遊戲或漫畫裡有好幾種模式。

比方說，結界就像一面網子，變弱的話網格就會變大，讓小型的魔物跑進來，也有著結界的一部分變弱而消失，讓魔物從那裡進入的可能性。

雖然我就算知道也沒辦法處理，但身為一個現代人，我還是對奇幻世界的原理感到好奇。

我這麼想著抵達村落時，發現四周好像有點吵雜。

發生什麼事了嗎？

我很在意，於是往對話的來源側耳傾聽。

從我偷聽到的內容來判斷，似乎有魔物跑到村落附近了。

我來到村落的路上打倒了紅喙鴉，不過好像還有其他魔物。

我應該不會被怪罪吧？

在虛構的故事裡，外人來拜訪時若發生什麼不吉利的事，當地人經常會怪到外人的頭上。

要是有人說因為有熊來才有魔物，或是有熊來才會害結界出問題的話，我就傷腦筋了。

我這麼擔心著走在村裡，但大人和小孩都很正常地向我打招呼。

看來是我杞人憂天了。

我想著漫畫和小說的老套情節，走著走著就遇到了莎妮亞小姐和拉比勒達。

「莎妮亞小姐，早安。」

「優奈，早安。」

「你們要去哪裡嗎？」

「好像有魔物跑到村落附近了，所以能戰鬥的人都要到爺爺家集合。」

「我也可以一起去嗎？」

如果要擊退魔物，我也能幫忙。

盡量提昇村民對我的好感度，對今後也有幫助。

「嗯～讓身為客人的優奈來幫忙有點……」

「沒問題。」

莎妮亞小姐和拉比勒達的意見分歧了。

「我們應該借助優奈的力量。」

「拉比勒達？」

莎妮亞小姐驚訝地看著身旁的拉比勒達。

「可是，其他人會……」

「我能理解妳不想麻煩客人的心情，但現在不是這麼說的時候。如果長老或其他人有什麼意見，我會負起責任。」

「你對優奈還真有信心呢。」

「因為我們昨天一起戰鬥了，而且優奈的熊可以探測魔物，應該借用牠們的力量。」

莎妮亞小姐對拉比勒達所說的話感到猶豫。

她交互看著我和拉比勒達，左思右想。

「嗯～優奈，如果妳願意幫忙就太好了。」

當然，我的答案打從一開始就確定了。

「沒問題。」

「優奈，謝謝妳。」

答應讓我幫忙的莎妮亞小姐和拉比勒達跟我一起前往穆穆祿德先生的家。

擊退紅喙鴉這種程度的魔物只是舉手之勞罷了，況且要是路卡或村裡的孩子們被攻擊，那就糟糕了。

我們一抵達穆穆祿德先生的家，就往屋裡深處走去。

屋裡有穆穆祿德先生以及幾名精靈。看到我的穆穆祿德先生轉頭望向莎妮亞小姐。

「為什麼身為客人的小姑娘會在這裡？」

「是我找她來的。」

「拉比勒達？」

「我認為應該借助優奈的力量。只要有優奈的熊，就能知道是否有魔物在村落附近了。」

拉比勒達這番話讓周圍的精靈們很驚訝，其中還有人說「沒有必要吧」、「怎麼可以讓客人幫忙」的聲音。

「這可是我們精靈的問題啊。」

「說這種話，要是孩子們犧牲了怎麼辦？這跟玩遊戲受傷可不同，最糟的情況下還有可能喪命啊。」

聽到拉比勒達說「孩子可能喪命」的發言，穆穆祿德先生和其他精靈都閉上了嘴。

「我懂你的意思了。不過，熊姑娘可以接受嗎？我們可沒有什麼東西能答謝妳。」

「不用答謝我啦，畢竟莎妮亞小姐很照顧我，只要是我做得到的事，我會幫忙的。」

其實我想請他們讓我參觀神聖樹，還想把熊熊屋一直放在這裡，也想知道精靈的傳統手環要怎麼做。雖然有很多要求，但我忍住了。

等到事情解決後，對方問起再拜託就行了。

實際幫上忙之後也比較好提出請求。

我可不奸詐，這叫做談判技巧。

要是被拒絕，我還是會乖乖放棄的。

「是嗎？那就好。昨天聽拉比勒達報告時，我就想請妳的熊來幫忙了。」

意思是想借助熊緩和熊急的探測能力，而不是想找我幫忙嗎？

身為長老的穆穆祿德先生都這麼說了，其他人也都遵從他的決定。

「那麼，既然所有人都到齊了，我馬上開始說明發生在這個村落的事。」

穆穆祿德先生這麼說，開始說明關於神聖樹的事。

「神聖樹被寄生樹寄生，結界的力量變弱了。就是因為如此，魔物才會闖入結界內。」

聽到穆穆祿德先生這麼說，一名精靈開口說道：

「可是即使是在結界外，過去也不曾出現這麼多魔物啊。」

「我認為是神聖樹吸引牠們過來的。所以，如果神聖樹完全被寄生樹侵占，就會有更多的魔物聚集過來，那樣就會讓村落暴露在更大的危險之中。」

穆穆祿德先生說明完，現場引起一陣騷動。

「我要請你們幫忙擊退問題的根源，也就是寄生樹，為此就必須解除神聖樹的結界。所以，首先要在解除結界前把進入這座森林的魔物全部除掉。」

沒有人提出反對意見，大家都點頭贊同穆穆祿德先生所說的話。

穆穆祿德先生正在說話時，我們聽見奔跑的腳步聲傳來。

一名精靈青年衝進屋裡。

「大、大事不妙啊！魔物群開始聚集到森林的結界附近了！」

「什麼！」

青年的話讓所有人都露出驚愕的表情。

「莎妮亞！快點確認。」

穆穆祿德先生對莎妮亞小姐喊道。莎妮亞小姐點頭，然後跑到窗邊，伸出左手。

然後，一隻看起來像老鷹的鳥從手環附近出現，停在莎妮亞小姐的手臂上。

「拜託你了。」

莎妮亞小姐對鳥這麼說，牠便往窗外飛去。

剛才那是什麼？鳥是從手環出現的吧？

難道是我不知道的精靈祕術？

「莎妮亞小姐，剛才那是什麼？」

我很好奇，於是這麼問道。

「可以說是我的召喚鳥吧，就跟妳的熊召喚獸一樣。」

原來莎妮亞小姐也會召喚啊。

而且還是鳥。

不過，她從來沒有提過這件事。

我很想繼續追問，但現在不是問這種事的時候，所以我忍住了。

「莎妮亞，情況如何？」

「有相當多的紅喙鴉從歐伯爾山飛過來……另外還有野狼群在結界外遊蕩。」

莎妮亞小姐閉著眼睛說明狀況。

這該不會跟遊戲或漫畫一樣，是可以透過動物的眼睛觀看影像的技能吧？

幸好莎妮亞小姐是女性，如果是男性擁有這種技能，我懷疑他會拿來偷窺別人洗澡。

「這麼說來，牠們還沒有進到結界裡吧？」

「是呀，目前還在結界外遊蕩。」

莎妮亞小姐報告自己透過鳥的眼睛看到的情況。

真是方便的召喚鳥。

如果我也可以觀看熊緩和熊急看到的影像就好了。

「等一下，野狼周圍還有虎狼在。」

「光是有野狼就夠麻煩了。」

「那麼，要怎麼辦？」

「當然是擊退牠們了，我召集各位過來，本來就是為了這件事。分組就和平常一樣，莎妮亞把魔物所在的地點標在地圖上。」

大家依照穆穆祿德先生的指示開始行動。

有人攤開村落周圍的地圖，莎妮亞小姐則一一標出魔物的位置。穆穆祿德先生看著地圖，向其他人下達指示。

「長老，不留些人在村裡沒關係嗎？」

「我和莎妮亞還有兩個負責傳令的人留下來。魔物的數量比想像中更多，我要加派人數，迅速擊退牠們。」

「而且有優奈在，沒問題的。」

「真的要把村落交給那個奇怪的女孩嗎？」

某個精靈一臉不安地這麼說。

「區區的紅喙鴉，交給優奈就沒問題了。如果擔心，不要讓任何一隻靠近村落就好了。」

有一位精靈對我很沒有信心，但拉比勒達站在我這一邊。

莎妮亞小姐和拉比勒達都幫我說話，其他的精靈也無話可說。

拉比勒達對我的信賴度好像很高，是我的錯覺嗎？

我明明只是打倒紅喙鴉而已，難道在我不知道的時候發生了什麼提昇信賴度的事件嗎？

「如果有什麼狀況，我會派人聯絡。在那之前，每個人都要遵從指示。」

精靈們按照穆穆祿德先生的指示，出發去擊退魔物。穆穆祿德先生和莎妮亞小姐還有兩名精靈留了下來，這兩個人應該是負責傳令的吧？

沒有接到指示的我該怎麼辦呢？是不是要去村裡巡邏比較好？

「我呢？」

「小姑娘，妳的熊能察覺附近的魔物吧。」

「不像莎妮亞小姐可以察覺遠處的魔物就是了。」

「既然如此，因為莎妮亞要負責監視結界的界線，如果有魔物跑到村落附近，妳就告訴我們吧。」

我召喚出熊緩和熊急。

「熊緩、熊急，有魔物跑到村落附近的話要告訴我喔。」

「「咿～」」

這樣就能安心了。

莎妮亞小姐閉著眼睛。

應該是在確認周圍吧。她有時候會向穆穆祿德先生回報狀況，穆穆祿德先生則向留在屋裡的精靈下達指示。

「很順利呢。」

「只要能打倒所有魔物，接下來就剩神聖樹了。莎妮亞，我要去村裡巡視，有什麼狀況就通知我。」

「我知道了。」

「小姑娘，可以麻煩妳跟我來嗎？如果有魔物來到村落附近，就拜託妳告訴我。」

「光靠我無法掌握所有魔物的位置，所以優奈，拜託妳去確認村落附近的狀況了。」

也對，確認整個結界的範圍是很辛苦的事。

總會有些疏漏。我的職責就是把逃過莎妮亞小姐和村民的眼睛，並來到村落附近的漏網之魚打倒。

243 熊熊巡視村落

我和穆穆祿德先生一起在村裡到處巡視，熊緩和熊急走在我們身旁。

「我只要打倒跑到村裡的魔物就行了嗎？」

「我會處理魔物，妳只要告訴我是否有魔物入侵就行了。」

雖然他好像是在顧慮我的安危，但我覺得有點麻煩。

穆穆祿德先生好像和莎妮亞小姐一樣，不想給我添麻煩，可是如果發現魔物，直接打倒比較快。

穆穆祿德先生撫著下巴，注視熊緩與熊急。

「如果有魔物來，你們要告訴我喔。」

我這麼拜託熊緩和熊急，同時用探測技能確認周圍。

村落附近沒有魔物的反應。

魔物聚集的地方似乎在探測技能的範圍外，目前我沒有確認到魔物。

雖然我想知道大概的數量，但看來沒辦法了。

結界好像相當廣闊。

我和穆穆祿德先生、熊緩與熊急一起巡視村落。
注意到我們的村民都向我們打招呼。
大人對穆穆祿德先生打招呼，孩子對熊緩與熊急打招呼。
穆穆祿德先生告知這些村民可能會有魔物靠近，所以不要離開村落。
我們走在村裡，就看見露依敏和路卡手牽著手從前方走了過來。
「爺爺、優奈小姐！」
露依敏一看見我們就跑了過來，路卡則奔向熊緩與熊急。
「你們兩個怎麼會在這裡？」
「我們本來要去村落外面，卻被攔下來了。」
「抱歉，今天就別離開村落了。」
穆穆祿德先生簡單說明了狀況。
姊弟倆已經知道魔物的事，於是乖乖點頭。
「對了，為什麼爺爺和優奈小姐會在一起？」
露依敏用不解的表情看著我。
她似乎覺得我和穆穆祿德先生這兩個人是很奇怪的組合。
「我請小姑娘的熊幫忙戒備村落周圍。」

穆穆祿德先生看著熊緩和熊急，這麼說明。

路卡正在撫摸熊緩。

「爺爺，我們也可以一起走嗎？」

路卡似乎很想坐到熊緩和熊急的背上。

露依敏是注意到這一點才會這麼說嗎？

穆穆祿德先生稍微思考了一下。

「……萬一發生了什麼事，你們要照我的話去做喔。」

「嗯！」

我讓想騎熊緩和熊急的路卡坐到熊緩背上，再讓露依敏坐到熊急背上，然後重新開始巡邏。

村裡和平得不像是有魔物聚集在結界外。

熊緩和熊急都沒有反應，村裡非常安全。

應該是因為拉比勒達等人確實打倒了魔物吧。

讓姊弟倆騎著熊走在路上，孩子們便漸漸聚集過來。

一開始穆穆祿德先生請他們盡量待在家裡，孩子們卻一臉羨慕地看著路卡和露依敏，所以穆穆祿德先生也不忍心強迫他們回家。

穆穆祿德先生小聲說「當初不該這麼做的」。

不過他又說「總比跑到外面好」，轉換了想法。
就算叫喜歡到處跑的孩子待在家裡，也的確會有孩子不願意乖乖聽話。
把小孩子關在家裡，他們也會擅自偷溜出來。
那還不如讓他們待在視線範圍之內。
或許是明白這一點，穆穆祿德先生的語氣並不強硬。
露依敏被小孩子搶走了熊急背上的位子，走在我的身旁。
「看來村裡沒什麼問題。」
確認完村裡的狀況，我們來到類似中央廣場的地方。
一看到熊緩與熊急，就有更多孩子聚集而來。
我也覺得這樣總比跑到外面好，所以任由他們玩耍。
露依敏會好好看著孩子們，熊緩和熊急都沒有遭到捉弄。
我從熊熊箱裡拿歐蓮果汁出來喝，孩子們似乎也想喝，所以我發給大家一人一杯。
「謝謝大姊姊。」
「謝謝。」
孩子們都道謝了，每個人的家教都很好。
我呆呆地看著熊緩和熊急跟孩子們玩耍的樣子。
…………好無聊。

無聊是好事，沒有魔物來，代表戰鬥很順利。

穆穆祿德先生看著跟熊緩和熊急一起玩的孩子們。

「小姑娘的熊還真乖巧呢。」

「是啊，只要不跟牠們敵對，牠們就不會攻擊人。對了，莎妮亞小姐也能召喚出鳥呢。」

我順勢問道。

莎妮亞小姐從來沒有跟我說過這件事。她可能不願意告訴我這件事，但我是第一次看到有人召喚出鳥，所以很好奇。

「不過牠和妳的熊不同，沒辦法感覺到魔物。」

可是召喚鳥可以讓主人看到自己所見的影像，真厲害。從上空俯視就能看到許多地方，可以看到天上的景色實在令人羨慕。

那樣一來就能輕鬆看見山的另一頭是什麼樣子了。能夠調查前方的路況，對冒險者來說相當有利。

而且我的探測技能有距離限制，但如果莎妮亞小姐的召喚鳥沒有距離限制，就比我的探測技能還要有用。

「召喚鳥有很多嗎？」

「不，只有莎妮亞和露依敏兩個人擁有召喚鳥。」

「咦？露依敏也能叫出召喚鳥嗎？」

我對這個事實感到意外，向一旁的露依敏問道。

「呃～是的。叫是叫得出來……」

露依敏承認自己能召喚，但她說得很小聲。

「好厲害喔。」

「沒、沒有啦。」

她的語氣有點模稜兩可。

「那可以讓我看看嗎？」

我不抱期待地問道。

聞言，露依敏微微點頭。

看來她願意讓我看看。

露依敏往前舉起雙手，集中魔力，手掌上便出現一隻像小雞或雛鳥的生物。

「牠會隨著我的魔力成長，可是我的魔力好像很少，所以還沒有長得像姊姊的召喚鳥那麼大。」

可是，這隻雛鳥嬌小又可愛。牠在露依敏的小手上動著，然後轉頭看向露依敏，輕輕叫了一聲，看得出來牠和露依敏很親。

「好可愛喔。」

「是，雖然可愛，但我還是希望牠早點長得跟姊姊的召喚鳥一樣大。」

這孩子長大之後就會變得像莎妮亞小姐的召喚鳥那樣啊。

如果能像熊緩和熊急一樣變小就好了，但應該沒辦法吧。

露依敏召回召喚鳥。

話說回來，她們是怎麼得到召喚鳥的呢？

我正想問的時候，熊緩和熊急抬起頭叫了「咿～」的一聲，看向天空。

孩子們也一起往上看。

「那是什麼？」

一個孩子伸手一指。

…………好大。

因為在天上飛，我原以為是紅喙鴉，但卻不是。

巨大的鳥緩緩飛行。

我使用探測魔法。

……上面顯示雞蛇。

「雞蛇……」

聽到我這麼說，穆穆祿德先生和露依敏等人都嚇了一跳。

雞蛇有和雞一樣的肉冠，尾巴像蛇一樣細長是牠們的特徵。

體型也很大，是一種棘手的魔物。

重點是會飛，所以很難纏。

「露依敏！妳帶孩子們躲到附近的房子裡！」

穆穆祿德先生大喊。

「熊緩、熊急，大家就拜託你們了。」

熊緩和熊急載著孩子開始移動。

露依敏帶著其他孩子跟了上去。

「小姑娘也快點逃走吧，我會擋住雞蛇。」

「你能打倒牠嗎？」

穆穆祿德先生看著雞蛇，嚥下口水。

「我曾經打倒過。雖然我已經不如從前，但並非絕對打不贏。」

他說的從前到底是幾百年前？

「我也來幫忙。」

雞蛇朝我們直線前進。村落的廣場現在只剩下我們，牠可能是把我們當作獵物了吧。

雞蛇拍著翅膀降落。

「要在這裡戰鬥嗎？」

雖然空間很寬敞，卻是在村裡。

要是在這裡戰鬥，肯定會造成災情。

「可以的話，我想把牠引到村外。」

穆穆祿德先生這麼說完就往雞蛇跑去。

穆穆祿德先生先下手為強，對降落的雞蛇放出風刃。

風刃雖然飛向雞蛇，牠卻拍動翅膀抵消了攻擊。

可是因為這一次攻擊，雞蛇把穆穆祿德先生視為敵人了。

「小姑娘，妳快去找莎妮亞！」

穆穆祿德先生一邊施放魔法，一邊往村外跑去。

好快。

雞蛇不甘示弱地追上穆穆祿德先生。

而我早就已經決定要怎麼做——那就是追上穆穆祿德先生和雞蛇。

244 熊熊與雞蛇戰鬥 其一

跑在雞蛇前方的穆穆祿德先生速度很快，雞蛇也飛著追趕他，我跑在他們的後面。

穆穆祿德先生不時用風魔法攻擊雞蛇，巧妙地引導牠前進。

可是，每一次攻擊都沒有強到能對牠造成傷害。

其實我很想從後面攻擊毫無防備的雞蛇，但要是隨意攻擊，讓牠又跑回村裡就糟糕了，那樣的話就會妨礙穆穆祿德先生的引導。

我不出手，繼續追著穆穆祿德先生和雞蛇。

雞蛇對穆穆祿德先生放出風和羽毛，穆穆祿德先生用風做出障壁來抵擋攻擊。他沒有放慢奔跑的速度，不斷遠離村落。

他利用樹林讓雞蛇無法鎖定目標。

然後，我們抵達了一個類似草原的寬敞地點。穆穆祿德先生停下腳步，雞蛇便緩緩降落。穆穆祿德先生和雞蛇正面對峙。

這裡的空間很寬敞，的確適合戰鬥。可是因為沒有障礙物，地形不利於躲藏著戰鬥。

不過這次不能逃走，所以我覺得這是正確的判斷。要是雞蛇因為追丟了穆穆祿德先生而跑回村裡，那就沒有意義了。

雞蛇對停止動作的穆穆祿德先生拍動翅膀，無數的羽毛便襲向穆穆祿德先生。

穆穆祿德先生用風魔法做出障壁，並往後跳著躲開。

退到後方的穆穆祿德先生擺出架式，然後施放風魔法。

化為刀刃的風襲向雞蛇，牠卻飛起來躲開了。

飛起的雞蛇用力拍打翅膀，捲起一陣風。穆穆祿德先生使用風魔法抵消攻擊。

哦哦，他們打得勢均力敵。

穆穆祿德先生好帥。

穆穆祿德先生和雞蛇持續攻防。不對，現在不是看戲的時候了。既然勢均力敵，就表示他也有可能會輸。

現在的我位於森林的出口，還沒有被雞蛇發現。

雞蛇正在對付穆穆祿德先生，對背後毫無防備。

嗯，這就等於是在邀請我攻擊牠吧。

我走出森林，把魔力集中在熊熊玩偶手套上，做出風刃。然後，我對雞蛇那毫無防備的背部施放魔法，沒有注意到我的存在的雞蛇連閃避都沒辦法，風刃於是命中牠的背。

雞蛇氣得發狂，發出哀號般的叫聲。

「小姑娘！妳為什麼過來了！」

穆穆祿德先生發現了我，這麼叫道。

我不理會，繼續施放風刃。

有機會攻擊就要盡量攻擊，這可是玩遊戲的常識。

可是，雞蛇也不是笨蛋，牠不可能一直承受我的攻擊，馬上就發現我的存在，一回頭就使勁拍動翅膀，射出紅黑色的羽毛。

那些羽毛很危險，帶有毒性。

我和穆穆祿德先生一樣做出風之障壁來防禦。

「小姑娘！」

穆穆祿德先生從雞蛇後方放出風刃。

雞蛇拍動翅膀，飛向高空。

嗯～普通的攻擊行不通。這時候或許不該顧慮雞蛇的素材，而是用熊熊魔法來攻擊牠。

這是我的壞習慣。

「妳為什麼要過來！」

穆穆祿德先生瞪著我跑來。

「抱歉，我很擔心你。」

「妳在說什麼啊！快點逃走，我會想辦法處理牠。」

「我能保護好自己的，別擔心。所以穆穆祿德先生，你不要在意我，繼續戰鬥吧。」

雞蛇在上空盤旋。

穆穆祿德先生交互看著雞蛇和我。

「妳要答應我一件事，有什麼萬一時千萬要逃走，我不想看到孩子死去。」

從穆穆祿德先生的標準來看，我或許真的是小孩子吧。

不過，我的確不算大人就是了。

「萬一發生什麼事，我還能爭取讓妳逃走的時間，妳一定要逃走。」

這種「我留下來，妳快逃」的情節是怎樣？

我當然不會讓穆穆祿德先生喪命。要是他死了，莎妮亞小姐和露依敏會很傷心的。

不論如何，我點頭答應穆穆祿德先生。我抬頭仰望天上的雞蛇，雞蛇再次拍著翅膀，緩緩降落。

然後，牠的腹部開始膨脹。

這是！

「穆穆祿德先生，不要動！」

我這麼叫道，同時做出以我和穆穆祿德先生為中心的三百六十度風之障壁。雞蛇同時從嘴裡吐出紫色的氣息。

是毒氣。

我想起自己在遊戲裡因為雞蛇的毒氣而中毒的記憶。

等到雞蛇吐完毒氣，我把障壁擴大，將周圍的毒氣一起吹散。

「小姑娘，謝謝妳。」

穆穆祿德先生道謝，然後奔向雞蛇，在極近的距離下放出風刃，擊落雞蛇的一部分羽毛。

雞蛇氣得發狂，近距離吐出毒氣，穆穆祿德先生卻捲起一陣風，把毒氣吹往反方向。

吹散毒氣的穆穆祿德先生打算順勢發動攻擊，然而，雞蛇卻張開翅膀迴轉，把穆穆祿德先生彈開了。

「穆穆祿德先生！」

「我、我沒事。」

倒地的穆穆祿德先生這麼回應。

可是，雞蛇對倒地的穆穆祿德先生拍翅膀，射出羽毛。

我用左手在穆穆祿德先生前方做出風魔法的障壁，擋住攻擊。

我施放風刃或火焰，但不是被躲開就是被彈開。雞蛇為了躲避我的攻擊飛向天空。

嗯～果然還是非用熊熊魔法不可嗎？

可是，如果隨便用熊熊魔法攻擊，波及在雞蛇旁邊戰鬥的穆穆祿德先生就危險了。

穆穆祿德先生意外的礙手礙腳？

我實在沒辦法對本人說出「你太礙事了，請把牠交給我，快點逃走吧」。

「小姑娘，謝謝妳。」

好了，該怎麼辦才好呢？

「要怎麼辦呢？其實我可以打倒牠的。」

「呵呵，面對雞蛇還能說出這麼強勢的話，妳真厲害。」

穆穆祿德先生站起來，笑著說道。

但我不是在逞強，我是認真的。

雞蛇在天空飛翔，觀望著我們。

「我信任妳的實力，所以想拜託妳一件事。」

「什麼事？」

「等到牠降落，妳能防止牠再逃到空中嗎？」

「可以啊。」

「我要使用強大的招式，妳要小心別被波及了。」

穆穆祿德先生遠離我，然後擺出架式，開始把魔力集中至雙手。

他左手的手環發出光芒。

我看得出有愈來愈多魔力聚集到他手上。

我的注意力被穆穆祿德先生吸走的時候，雞蛇從天上射出羽毛。

真煩。

這種攻擊再用幾次都一樣。羽毛被風之障壁彈開，插進地面。

不過，從天上發動攻擊也太卑鄙了，真想把牠擊落。

我跑了出去，順勢高高跳起。

跳得比雞蛇更高。

糟糕，好像跳得太高了。

我使用風魔法並扭轉身體，調整落地的位置。

我瞄準雞蛇。

伸出右腳，熊熊飛踢便命中雞蛇的背部。

挨了熊熊飛踢的雞蛇往地面墜落。

哦哦，竟然成功了。

掉到地上的雞蛇試圖站起來，但穆穆祿德先生已經準備好要施放魔法。

「小姑娘，別被波及了！」

穆穆祿德先生周圍捲起一陣漩渦狀的風。他將風聚集到手上，對試圖張開翅膀逃走的雞蛇放出，巨大的風刃便襲向雞蛇，斬斷了牠一邊翅膀。

哦哦，好厲害。

那巨大的翅膀相當堅硬。

竟然一擊就把它砍了下來。

可是，穆穆祿德先生露出不甘心的表情。

或許他原本是想把雞蛇的身體砍成兩半吧。

不過，穆穆祿德先生馬上衝過去，想給牠最後一擊。被砍掉一邊翅膀的雞蛇無法逃向空中。

他想在近距離下確實殺死雞蛇。

雞蛇用蛇一般的長尾巴威嚇穆穆祿德先生。雞蛇尾巴的動作很快，穆穆祿德先生躲開尾巴。雞蛇的尾巴有毒，要是被劃傷就危險了，我光是看著就膽戰心驚。

我自己戰鬥時，因為有熊熊裝備所以並不會感到恐懼。可是看著別人賭命戰鬥，我就會很害怕。

要是吃下那一擊，就有可能會喪命，可是穆穆祿德先生為了保護村落而挺身戰鬥。

雞蛇彎起尾巴，攻擊穆穆祿德先生。

危險！我這麼想的瞬間，穆穆祿德先生揮舞手臂。雞蛇的尾巴被砍斷了，穆穆祿德先生繼續揮砍牠的身體。

我望向穆穆祿德先生的手，那裡纏繞著類似風的東西，難道是風形成的劍？

雞蛇非常憤怒，吐出紫色的氣息，用嘴喙刺向穆穆祿德先生。

穆穆祿德先生往後跳開。

牠還能動嗎？

翅膀被砍斷，尾巴也被砍斷，身體流出血來。我還以為牠已經不能動了。

雞蛇吐出的紫色氣息以剩下單翼的雞蛇為中心逐漸擴散。

那肯定是毒氣。

我有一瞬間在想熊熊服裝或許能抵擋毒氣，但考慮到風險，我不能做這種危險的實驗。

可是如果讓牠繼續吐出毒氣，會危害到周圍。

穆穆祿德先生放出一陣風，吹散雞蛇吐出的毒氣。

然後他再次拉近距離，用纏繞在手上的風刃斬斷雞蛇的脖子。

哦哦，好厲害。下次我也來試試這種風之劍好了。

當我心想終於結束的時候，雞蛇進入了我的視線範圍。

「穆穆祿德先生，危險！」

一陣風從旁邊吹來，讓穆穆祿德先生的身體飛了出去。

「穆穆祿德先生！」

「我沒事。」

看來他展開了風之障壁，沒有受什麼嚴重的傷。

我望向風吹來的方向，有另一隻雞蛇從那裡飛了過來。

然後，牠怒不可遏地站在穆穆祿德先生打倒的雞蛇前方。

……第二隻。

新來的雞蛇大幅張開翅膀，威嚇我們。然後，牠對我們放出風刃。

我躲開攻擊。

「小姑娘，妳快逃。我來戰鬥。」

雖然穆穆祿德先生說要戰鬥，卻已經相當疲憊了，我實在不覺得他能繼續戰鬥下去。

我在心中呼叫熊緩和熊急。

『熊緩、熊急，快來找我。』

技能：熊熊心電感應。
可以呼叫遠處的召喚獸。

這是我在擊退魔偶之後學會的技能。

我用心電感應呼叫熊緩和熊急，然後移動到穆穆祿德先生身邊。

「你還能動嗎？」

「小姑娘，妳去叫阿爾圖爾或拉比勒達過來，問莎妮亞就能知道他們在哪裡了。」

穆穆祿德先生這麼說，新來的雞蛇牢牢地瞪著我們。

如果我逃走，牠可能會來追我，那樣的話就會把雞蛇帶到村裡。

雞蛇發出低吼，大幅張開翅膀。

紫色的毒氣從牠的嘴巴漏出來。

牠非常憤怒。

大幅張開的翅膀一闔起，羽毛便飛了過來。

穆穆祿德先生馬上用障壁擋住攻擊。可是和第一隻雞蛇的時候相比，他沒能大幅打偏羽毛的軌跡。

「小姑娘，別管我了，妳快走吧，我至少能爭取時間。」

可能是過度消耗魔力或是上了年紀，穆穆祿德先生喘得很厲害。

我不能拋下這種狀況的穆穆祿德先生。

而且該逃走的不是我，而是他。

後來，我一邊保護穆穆祿德先生不受雞蛇攻擊，一邊戰鬥，這時熊緩和熊急從森林裡衝了出來。

熊緩和熊急直接跑到我身邊，雞蛇對我們射出羽毛。

我做出一道土牆保護穆穆祿德先生、熊緩與熊急。

「接下來由我來戰鬥，所以穆穆祿德先生請回村裡休息吧。」

「小姑娘？」

穆穆祿德先生無法理解我說的話。

我輕輕觸碰穆穆祿德先生，使用弱版電擊魔法。

「小、小姑娘，妳到底做了什……」

穆穆祿德先生單膝跪了下來。他想站起來，卻動不了。

「熊急！」

被叫到的熊急來到我身邊，坐到地上。

我把動不了的穆穆祿德先生抬起來，放到熊急的背上。

不愧是熊熊玩偶手套，就算是一個大男人也能輕鬆抬起來。

「妳、妳想做什麼？」

穆穆祿德先生喊道。可是，因為弱版電擊魔法的關係，他無法動彈。

「熊急，拜託你送穆穆祿德先生回村裡。」

「咿～」

熊急按照我的命令，跑了出去。

穆穆祿德先生又說了些什麼，但我不以為意。

好了，第二回合的戰鬥要開始了。

245 熊熊與雞蛇戰鬥 其二

我背對載著穆穆祿德先生跑走的熊急，站到雞蛇與熊急之間，免得牠追上去。我緊盯著雞蛇，沒有放鬆警戒。

我做好準備，如果牠要追上穆穆祿德先生，我隨時都可以發動攻擊。

新出現的雞蛇看都不看逐漸遠去的穆穆祿德先生，一邊從嘴巴裡漏出紫色的氣息，一邊瞪著我發出低吼。

好了，我要替穆穆祿德先生報仇（雖然人家沒死）。

我站到憤怒地吐出紫色氣息的雞蛇正面，叫熊緩往後退。

雞蛇怒吼，使勁拍動翅膀，射出紅黑色的羽毛。

我做出土牆，擋住羽毛。羽毛攻擊一停止，我就從牆後衝出去，對雞蛇發動攻擊。不過，雞蛇飛到了空中。

我對雞蛇使出風刃，牠卻迴轉著躲開，從天上對我射出紅黑色的羽毛。我往後一跳，躲開攻擊。

嗚嗚～會飛的魔物果然很麻煩。

如果有熊熊飛行術之類的技能或魔法的話，就能在空中輕鬆戰鬥了，但我沒有學過那種東西。

話說回來，在天上飛的熊……光是想像就讓人覺得詭異。

穿著熊熊布偶裝就已經很引人注目了，要是用這副模樣飛翔……我可不想被別人看到。即使辦得到，我也不想在別人面前飛。

我停止無聊的妄想，集中精神對付天上的雞蛇。

好了，既然穆穆祿德先生已經離開，我決定迅速解決雞蛇。

我使用不方便被看見的魔法。

要是花上太多時間，阿爾圖爾先生和拉比勒達可能會趕來。

我把魔力集中在白熊玩偶手套上，集中的魔力發出劈哩啪啦的聲音，金色的電流纏繞白熊玩偶手套，漸漸轉變成熊的形狀。

可是這個樣子很難打中在天上飛的雞蛇，所以我決定做一個發射器。

我把風集中在右手，讓風像轉輪手槍一樣，在黑熊玩偶手套周圍轉動。我把電擊熊放到旋風之中。電擊熊在右手周圍不斷迴轉。

我用右手瞄準飛在天上的雞蛇，發射電擊熊。

電擊熊一邊高速迴轉一邊朝雞蛇飛去。

我連續發射電擊熊，免得牠躲開。

雞蛇使勁拍打翅膀，試圖改變電擊熊的路徑，但高速迴轉的電擊熊突破了雞蛇的風之障壁，正中雞蛇的翅膀。

然後，電擊熊打穿了牠的翅膀。

威力好像比想像中還要大？

我在實驗的時候也有發現，用龍捲風讓電擊高速迴轉似乎能增強威力。

我繼續用剩下的電擊熊射擊雞蛇，把牠的翅膀打得殘破不堪。失去翅膀的雞蛇理所當然地墜落，重摔在地上。

雞蛇站起來張開翅膀，用叫聲威嚇我。

牠張開的翅膀變得破破爛爛，到處都是洞。

雞蛇已經不能飛了。

牠瞪著我，紫色的氣息從嘴裡溢出。雖然對牠很抱歉，但我不能放任牠不管，於是決定給牠最後一擊。

雞蛇張開破破爛爛的翅膀，想要捲起強風，卻沒有威力。

我從熊熊箱裡取出黑色刀柄的小刀——熊緩小刀，用黑熊玩偶手套握緊。

我躲開雞蛇的攻擊，衝到牠面前。然後，我對熊緩小刀灌注魔力，砍向雞蛇的脖子。

抱歉。

雞蛇可能只是被神聖樹吸引過來的，但對精靈來說，牠是威脅。

既然會攻擊人，就只能打倒牠們了。

被熊緩小刀斬首的雞蛇倒地不起。

不愧是祕銀做的小刀。順帶一提，我把黑色刀柄的祕銀小刀取名為熊緩小刀，把白色刀柄的祕銀小刀取名為熊急小刀。

這次真的結束了。

熊緩向我走來。牠來到我身邊，支撐我的身體。

我覺得相當疲勞。

主要是精神上的疲勞吧。

穿著白熊布偶裝睡覺就能恢復了嗎？

不管怎麼樣，總算是打倒雞蛇了。

應該不會再有雞蛇出現了吧？

我用探測技能確認，雖然沒有雞蛇的反應，卻有幾個人在用非常快的速度移動，反應已經很靠近了。

我望向有反應的方向，看見莎妮亞小姐和拉比勒達帶著幾名精靈從森林裡現身。

246 熊熊向莎妮亞小姐說明

包含莎妮亞小姐和拉比勒達在內的幾名精靈一臉驚訝地佇立著。

「這是……」

莎妮亞小姐看著周圍的慘狀。

因為穆穆祿德先生和我的魔法加上雞蛇捲起的風，地面變得坑坑疤疤。而且，地上到處插著雞蛇的紅黑色羽毛。

重新這麼一看，還真是慘不忍睹。

地上還倒著兩隻雞蛇，而穿著熊熊布偶裝的我就站在這幅悽慘的景象中。

自己一個人的時候，我沒有發現，但從第三者的角度來看，這應該是相當誇張的狀況吧？

「莎妮亞小姐，你們怎麼會來？」

該不會是從穆穆祿德先生口中聽說，他們才會趕過來的吧？

「我從爺爺那裡聽說了狀況，所以才趕過來。」

她明明知道我打倒蠕蟲和一萬隻魔物的事，卻還是替我擔心。

「爺爺說妳為了讓他逃走，一個人留下來和雞蛇戰鬥。」

其實我不是為了讓穆穆祿德先生逃走才留下來的。

只是他留下來會讓我很困擾而已。我絕對不是嫌他礙手礙腳喔。

我只是不太想被別人看到我戰鬥的樣子。

「爺爺還差點哭出來了呢。他說為了救村落和他，優奈可能會死。」

請不要擅自詛咒我死。

穆穆祿德先生似乎以為我是賭上性命讓他逃走的。一想到我真的演出「我留下來，你們快逃」的情節，我就覺得很羞恥。

「所以我們才馬上趕來這裡。」

「莎妮亞小姐，妳不是很了解我嗎？不用擔心啦。」

「聽說對手是雞蛇，我當然會擔心了。要是因為一點失誤而中毒那就糟糕了。」

中毒的確很不妙。

沒有用熊熊裝備試過的事，我也會怕。

不過，熊急似乎平安把穆穆祿德先生送到了村裡，回去之後一定要好好讚美牠。

「我在途中見到拉比勒達，就跟他一起趕過來了。」

莎妮亞小姐重新望向雞蛇。

其他精靈看到倒地的雞蛇，都不知道該作何反應。

「妳真的一個人打倒了雞蛇嗎？」

拉比勒達代表其他的精靈發問。

莎妮亞小姐很了解我，所以相信我真的打倒了雞蛇，其他精靈卻都擺出難以置信的表情。

也對，說一個穿著熊熊布偶裝的女孩子打倒了雞蛇，恐怕沒有人會相信吧。

不過，幸好我使用電擊魔法的樣子沒有被看到。如果這個世界沒有電擊魔法，我就無法說明，會很麻煩。

「我的確打倒了，你們不相信也沒關係。」

我無法說明，所以如果對方還是不相信，我也無所謂。

兩名精靈靠近雞蛇，確認屍體。

「不，見到現在的狀況，我們也不是不相信……」

他們似乎是頭腦可以理解，但內心難以置信。

「對了，其中一隻是穆穆祿德先生打倒的。」

穆穆祿德先生確實打倒了一隻。他的風之劍很帥氣。

「可是這麼說來，另一隻就是優奈打倒的吧？」

我無法否定這一點，於是乖乖點頭。

「優奈，謝謝妳救了我爺爺。不，謝謝妳救了我們的村落。」

「優奈，謝謝妳。」

莎妮亞小姐道謝，拉比勒達和其他精靈也紛紛道謝。

我本來想說要謝我就讓我把熊熊屋永久放在這裡吧，卻又把話吞了回去。
「不用放在心上啦，我也很慶幸能保住村落。」
聽到我這麼說，所有人都很感動。
嗚嗚，因為我是別有用心，所以湧起一股罪惡感。
不管怎麼樣，現在，我轉頭望向雞蛇。
「這些雞蛇要怎麼辦？」
就算要回村裡，也不能放著打倒的雞蛇不管。
雖然我目前不需要雞蛇的素材，但好歹也是戰利品。
「總而言之，不能就這麼丟在這裡，我可以先收進道具袋嗎？」
「也對，不能就這麼丟在這裡。優奈，可以麻煩妳嗎？」
我取得莎妮亞小姐的許可，把雞蛇收進熊熊箱裡。
我首先靠近自己打倒的雞蛇。雞蛇的羽毛有什麼用途嗎？
雖然有幾個地方破了洞，拔一拔還是有不少量的。
不過羽毛前端有毒，我不是暗殺者，應該不需要吧。
我決定晚點再思考雞蛇的用途，把牠收進熊熊箱。
除了莎妮亞小姐，知道我能拿出熊熊屋的拉比勒達也沒有那麼驚訝，其他精靈卻非常驚訝。
我不以為意，接著收起穆穆祿德先生打倒的雞蛇。

如果能拿到雞蛇的話，就得拜託菲娜幫忙肢解了。可是，菲娜會肢解雞蛇嗎？

況且，我覺得請十歲的小女孩肢解雞蛇好像不太對。雞蛇有毒，可能會有危險。如果要拜託菲娜肢解，應該要事先找根茲先生商量一下吧。

「對了，穆穆祿德先生還好嗎？」

收好雞蛇的我問起被我電麻的穆穆祿德先生的情況。

雖然我不知道以精靈的標準來說，穆穆祿德先生算不算老人家，但我卻用弱版電擊麻痺了長輩，讓他無法動彈。

而且穆穆祿德先生因為過度消耗魔力，本來就很累了。

他沒事吧？

可是，如果我不那麼做，他還會繼續戰鬥下去，我也是不得已的。

「我請人把他抬到家裡了。對了，優奈，妳對爺爺做了什麼？爺爺他躺在熊急背上，連爬都爬不起來。」

「應該是因為他用了很厲害的風魔法吧，所以才會造成身體的負擔，累得動不了了。」

我試著模糊其詞。

「他說『小姑娘碰到我，我的身體就麻得動不了了』呢。」

這該不會是一回去就要被穆穆祿德先生臭罵一頓的前兆吧？

「呃，因為他不願意逃走，所以我就用魔法稍微處理了一下。」

「什麼稍微……」

莎妮亞小姐露出傻眼的表情，卻沒有繼續追問下去。

「爺爺他真的很擔心妳呢。」

看來他不是生氣，而是擔心我。

畢竟漫畫或小說裡的「我留下來，你快逃」就是死亡的前兆。說完這句台詞就死了的角色簡直不計其數。

況且穆穆祿德先生不知道我的實力，會擔心也無可厚非。

「爺爺還用顫抖的手握住我的手，對我說『小姑娘就拜託妳了』呢。」

我光是想像就覺得情況非同小可。見到穆穆祿德先生之後，我應該乖乖向他道歉，畢竟我確實讓他擔心了。

「我想爺爺應該很擔心，所以我們先回村裡吧。」

我點頭答應莎妮亞小姐這番話。

繼續待在這裡也沒有意義，於是我們啟程返回村落。

我正打算走路回去的時候，熊緩跑到我前面，背對我坐了下來。

「咿～」

「謝謝你。」

我道謝，坐到熊緩的背上，牠便露出高興的神情。

247 熊熊返回村落

我一回到村落，熊急就跑了過來。

我從熊緩背上下來，撫摸熊急的頭。

「謝謝你載穆穆祿德先生回來。」

熊急高興地瞇起眼睛，小聲叫了「咿～」的一聲。

我後方的莎妮亞小姐向村民們說明雞蛇已經被打倒的事，然後交代其他人去回收拉比勒達等人打倒的野狼、虎狼和紅喙鴉。

如果把打倒的魔物放在原地，其他魔物或野獸就有可能靠過來覓食，所以不能放著不管。

而且素材多少有些用處，賣掉也能換錢，虎狼的毛皮是我也會想要的東西。

「拉比勒達、優奈，我們差不多該去向爺爺報告了。」

我也要去？雖然我很想這麼問，卻不得不去。

我召回熊緩和熊急，前往穆穆祿德先生的家。

「爺爺，我進來嘍。」

莎妮亞小姐還是一樣，不等屋子的主人回應就走進家中。

穆穆祿德先生沒事吧？應該沒有因為電擊魔法而起不了床吧？電擊的強度不至於失去意識，我想應該沒問題才對。

我們走向平常的那個房間，看到穆穆祿德先生躺在被窩裡。

一發現我們，他就坐起了上半身。

他好像還能動，太好了。

「小姑娘！妳沒事啊，太好了。」

穆穆祿德先生注意到我的存在，做的第一件事就是顧慮我的安危。

「讓你擔心了，對不起。」

我讓穆穆祿德先生擔心了，於是向他道歉。

「雖然我不知道妳有多強，但以後別再做這種事了。如果妳死了，我會悔恨得不得了。」

我好像真的讓他很擔心。

「對了，雞蛇怎麼樣了？」

「已經死了。」

回答的人不是我，而是莎妮亞小姐。

「是嗎？幸好有順利打倒。」

聽說雞蛇被打倒，穆穆祿德先生露出安心的表情。

「辛苦你們兩個了。」

穆穆祿德先生似乎以為打倒雞蛇的人是莎妮亞小姐和拉比勒達。

既然如此，這樣也好。

我這麼想的時候，有個誠實的傻子說話了。

「我們趕到的時候，雞蛇已經被優奈打倒了。我們什麼都沒做。」

拉比勒達面無表情地這麼說明。

雖然我確實沒有拜託他保密，但還是希望他能搞懂當下的氣氛。

「是小姑娘……真的嗎？」

穆穆祿德先生懷疑拉比勒達所說的話，再次向莎妮亞小姐確認。

「我先前也說過，別看優奈這個樣子，她可是個優秀的冒險者。雖然我也沒有想到她會在我們抵達之前打倒雞蛇就是了。」

我很想吐槽「別看優奈這個樣子」這句話，卻又沒有資格反駁關於外觀的事，只好把怨言吞回去。

「長老，這是事實。包含我們在內，有好幾個人看到雞蛇倒在地上的樣子。」

「這樣啊。一起戰鬥的時候，我也覺得她很強，但沒想到竟然強到能夠一個人打倒雞蛇。」

雖然不知道穆穆祿德先生對莎妮亞小姐和拉比勒達所說的話相信到什麼程度，但他好像相信了我打倒了雞蛇一事。

「都是多虧穆穆祿德先生打倒了第一隻啦。因為這樣，我才能打倒剩下的另一隻。」

「是嗎？不過，妳是怎麼打倒另一隻雞蛇的？」

他果然很好奇我是怎麼打倒的。

「雖然不能詳細說明，但我是用隱藏招式打倒的。」

「所以妳是因為不想被我看見，才會讓我逃走的嗎？」

「嗯～也不是那樣啦，因為我要用有點危險的魔法，才會請你先離開。」要是碰到熊熊電擊就會觸電而死，每一種熊熊魔法都很危險。

「現場的狀況確實很慘重。」

莎妮亞小姐回想戰鬥後的現場這麼說道。那個狀況可不是我一個人造成的，其中也包含雞蛇和穆穆祿德先生的攻擊，不全是我害的。

「而且穆穆祿德先生，你不是和雞蛇打得很累了嗎？我覺得如果你繼續戰鬥，可能會受重傷。」

「所以妳才會那麼做啊。」

「就算我請你交給我來處理，你也不會交給我吧？」

「這……我的確不會交給妳。」

穆穆祿德先生曾經叫我逃走，他應該不會把雞蛇交給我來處理。

「所以雖然有點強硬，我才會請熊急把穆穆祿德先生送到安全的地方。是我擅自決定這麼做的，穆穆祿德先生不必放在心上。沒有向你說明是我不對。」

我用一張撲克臉對穆穆祿德先生這麼說明。

覺得他有點礙手礙腳的想法就藏在我的內心深處吧。

「……小姑娘。」

我好像說得有點太裝帥了。只是，打扮成熊的樣子這麼說，也完全沒有說服力。

「這樣啊，那我可得好好感謝妳了。」

「我不想讓村裡的孩子遭遇危險，只是做了自己能做的事而已。」

我說出像模範生的答案。

「小姑娘，我要鄭重向妳道謝。謝謝妳打倒雞蛇，救了這個村落。」

穆穆祿德先生輕輕向我低頭。

被他這麼坦率地道謝，我覺得有點難為情。

接下來，拉比勒達開始報告掃蕩魔物的情形。他們似乎把莎妮亞小姐找到的魔物全部打倒了。

聽說其中還有虎狼，這樣就能拿到毛皮了呢。

我突然想起關於素材的事。

「穆穆祿德先生，雞蛇的素材要怎麼辦？我姑且把素材帶回來了。」

其中一隻是我打倒的，所以我想要素材。

「妳想要的話就拿去吧。」

「兩隻都給我？」

「我們已經有紅喙鴉、野狼和虎狼了，所以不需要。要和商人交易，有這些就很足夠了。」

既然如此，我決定心懷感激地收下雞蛇。

「優奈，妳要賣的話就拿去王都的冒險者公會賣吧。」

莎妮亞小姐這麼說，而我回答她「我還不確定」。

我並不缺錢，所以沒必要特地去賣。

不過，如果能拿來做什麼，我想做點東西。

如果是遊戲的話，素材可以拿來製作防具，但我不需要其他防具。我也已經有祕銀小刀作為武器了，這些素材可能會暫時閒置在熊熊箱裡面。

我還以為已經不需要擔心魔物了，這時卻有個男人大叫「長老，不好了」並衝進屋裡。

「怎麼了？」

「魔物跑進神聖樹的結界裡了。」

「真的嗎！」

「我們無法進入結界，長老，請盡快趕過去。」

「我知道了。莎妮亞，我們去神聖樹那裡。」

看來戰鬥還要持續一陣子。

「可是爺爺！你的身體……」

「我已經休息了一段時間，沒問題。拉比勒達，準備馬匹！拉巴卡去聯絡阿爾圖爾。」

穆穆祿德先生站起來下達指示。拉比勒達和名叫拉巴卡的精靈點點頭，奔出房間。

「爺爺，你真的沒問題嗎？」

「嗯，沒問題。總之快走吧。」

穆穆祿德先生和莎妮亞小姐離開房間，我當然也跟了上去。

我們一來到屋外，馬匹就已經準備好了。

穆穆祿德先生和莎妮亞小姐騎到馬上。

「拉比勒達，村落的事就交給你了。」

「我知道了。」

穆穆祿德先生駕馬離開。

「爺爺！」

莎妮亞小姐也跟在他後面。

我？當然是追上去了。

我召喚熊急，追上穆穆祿德先生和莎妮亞小姐。

248 熊熊拜訪神聖樹

我們前往神聖樹所在的地點。

穆穆祿德先生和莎妮亞小姐騎的馬跑得很快，但載著我的熊急還是緊跟在後。

我們沒花多少時間就抵達了目的地。

這裡是哪裡？

他們停馬的地方是一座岩山下方。

神聖樹在哪裡？

我左顧右盼，附近卻沒有看似神聖樹的東西。

「神聖樹在哪裡？」

「優奈，妳是跟著我們來的嗎？」

他們似乎沒有發現我跑在後方。

「因為我如果說要跟，你們可能會阻止我。」

「優奈……」

「不管怎麼樣，妳都進不了神聖樹所在的結界內喔。」

我知道自己進不去，但我以為我能看到神聖樹，然而到處都找不到看似神聖樹的東西。

「既然都跟來了也沒辦法，小姑娘就留下來守著入口吧。」

「嗯，沒問題。」

雖然不太清楚狀況。

我這麼一說，穆穆祿德先生和莎妮亞小姐便下馬開始移動。走了一陣子後，岩山裡的洞窟映入眼簾。這裡就是通往神聖樹的入口嗎？

「看來附近沒有魔物呢。」

「不過可別大意，據拉巴卡所說，魔物入侵了神聖樹的結界，或許還有其他的魔物在。」

聽到莎妮亞小姐放心的聲音，穆穆祿德先生督促她繃緊神經。

熊急看著岩山的洞窟，叫了「咿～」的一聲。看到熊急的反應，我使用探測技能。岩山的另一頭有魔物的反應。

「優奈，該不會……」

「嗯，這座岩山深處好像有魔物。」

技能探測到好幾隻野狼和紅喙鴉的反應，也有寄生樹的反應。

神聖樹好像真的被寄生樹寄生了。

「就跟拉巴卡說的一樣啊。」

穆穆祿德先生望著洞窟。

「可是，魔物明明不可能進入結界的。」

「結界已經出現漏洞，有魔物入侵也不奇怪。」

我們移動到洞窟附近。洞窟前立著三座石碑。

看來這裡就是入口。

我真的不能進去嗎？

好想進去喔。

我往洞窟裡窺探，裡面卻是一片漆黑。

什麼都看不到。

「莎妮亞，我們進去吧。小姑娘，抱歉，如果有魔物靠近就拜託妳了。」

「我們老是在麻煩優奈呢。」

既然他們這麼拜託我，我也只能答應。

「嗯，入口就交給我和熊急吧，我們不會讓魔物進去的。」

話雖如此，但我很想進去。

我抬頭一望。岩山雖然高，靠熊熊裝備也不是爬不上去。

如果熊緩和熊急會飛的話，應該就能看到神聖樹，但牠們沒有那種能力。而且熊本來就不會飛，這也沒辦法。

這個時候，熊急悲傷地叫了「咿～」的一聲，好像在道歉。

牠該不會是感覺到我心裡的想法了吧？

「熊急，抱歉，我不是那個意思，你不要叫得那麼難過嘛。」

我抱著熊急的脖子道歉，撫摸牠的身體。

熊緩和熊急就算不會飛，也努力幫了我很多忙。

熊緩和熊急會載著我到處跑。

就算我在熊緩和熊急的背上睡覺，牠們也會繼續奔跑。

露宿野外的時候，牠們會幫忙看守，讓我能安心睡覺。

早上還會叫我起床。

我對牠們只有感謝，沒有怨言。

牠們光是待在我身邊就夠了，我懷著這樣的心情，撫摸熊急的頭。可能是感受到我的心意了，熊急露出開心的神情。

幸好牠的心情又好起來了。

「為什麼！」

我正在撫摸熊急的時候，穆穆祿德先生喊道。

不知道發生什麼事的我望向穆穆祿德先生，他的手正放在洞窟附近的石碑上。

「為什麼沒有反應！」

穆穆祿德先生用手按壓了石碑好幾次。

「爺爺？」

「莎妮亞，妳來灌注魔力看看。」

莎妮亞小姐代替穆穆祿德先生，把手放在石碑上，然後灌注魔力。

「沒有反應。為什麼？昨天明明還會動……」

莎妮亞小姐數度灌注魔力，卻沒有反應。穆穆祿德先生向洞窟走去，試圖進入洞窟，卻好像被某種東西阻撓了，無法走到洞窟裡。

莎妮亞小姐也同樣對洞窟伸出手，但她也遭到了排斥。她就像是在演默劇一樣，做出奇妙的動作。

「為什麼？莎妮亞，再試一次。」

兩人再度用手觸碰石碑並灌注魔力，卻什麼都沒有發生。

「昨天明明還能進入，為什麼？」

「難道是神聖樹完全被寄生樹寄生了嗎？是因為這樣才無法感應魔力？」

「不會吧。」

兩人露出焦慮的表情。

雖然我已經有一點頭緒了，還是向莎妮亞小姐問道：

「莎妮亞小姐，怎麼了嗎？」

「本來只要對這些石碑灌注魔力，石碑就會發光，而我們能在發光的期間進入結界內。」

「但現在即使灌注魔力也不會發光，什麼反應也沒有。」

昨天還能進入結界，現在卻不行了，也難怪他們會驚慌失措。莎妮亞小姐和穆穆祿德先生不斷對石碑灌注魔力，卻沒有反應。

如果把這些石碑破壞掉，會發生什麼事呢？

如果結界因此壞掉，那也是一個問題。

「莎妮亞，確認神聖樹的狀況。」

莎妮亞小姐按照穆穆祿德先生的指示，召喚出召喚鳥，讓牠飛向高空。

難道可以從上方看到嗎？

召喚鳥飛向岩山的另一頭。

神聖樹的結界範圍到哪裡呢？

還是說動物就進得去？既然召喚鳥能進入結界，熊緩和熊急也能進入結界嗎？

莎妮亞小姐閉著眼睛。她應該是在看映入召喚鳥視野中的景象吧。

召喚鳥的能力雖然方便，使用時的莎妮亞小姐卻要閉上眼睛，毫無防備。

「情況比之前更嚴重。」

「果然如此啊。」

「爺爺，怎麼辦？」

莎妮亞小姐這麼說，穆穆祿德先生陷入苦惱。

「要不要等阿爾圖爾先生抵達，然後解除結界呢？那樣一來，任誰都可以進入結界了吧？」

那樣一來，我也可以進入結界幫助他們了。

「沒辦法。」

「咦？當初不就是為了這麼做才叫莎妮亞小姐來的嗎？」

我記得他們說過，只要穆穆祿德先生、莎妮亞小姐、阿爾圖爾先生這三個人到齊，就能解除封印。

「設下和解除封印都要在這道結界內進行。所以如果不進入裡頭，就沒辦法解除封印。」

莎妮亞小姐睜開眼睛，回答我的疑問。

我對結界深感好奇，於是走向洞窟。

我記得看不見的牆壁是在這附近……我慢慢伸出手。

奇怪？我以為是在這附近，我的熊熊玩偶手套卻不受任何阻撓，不斷往前延伸。

原以為會碰到透明牆壁的我失去平衡，往前傾倒。

「嗚哇！」

「優奈！」

注意到我的莎妮亞小姐朝我看過來。

多虧熊熊布偶裝，我一點也不會痛，但被人家看見我在空無一物的地方跌倒，感覺很丟臉。

「優奈，妳沒事吧？」

莎妮亞小姐靠過來，卻被透明牆壁擋住，沒辦法跑到我身邊。

「優奈！妳是怎麼進去的？」

我環顧四周。

這裡似乎是岩山的洞窟裡。

「小姑娘……」

穆穆祿德先生也難以置信地看著我。

我暫時走出岩山的洞窟。

「小姑娘，妳是怎麼進到裡頭的……？」

我自己也不知道。

「呃，我只是正常走進去而已。」

為了證明，我再次走進洞窟。

我沒有被結界阻擋，順利進入洞窟內。

穆穆祿德先生也想跟著我一起進來，卻被透明牆壁阻擋，無法走到我這裡。

「這是怎麼回事？」

我才想問呢。原因有可能是神賜給我的熊熊布偶裝。反過來說，我也想不到其他原因了。

可是，我無法說明熊熊布偶裝的事。

所以，我也只能回答「不知道」。

「呃，要我去打倒裡面的魔物嗎？」

只有我能夠進入結界。結界裡有魔物，還有神聖樹。

難得都進到結界內了，怎麼可以不去呢？

穆穆祿德先生很煩惱，卻沒有表示反對。

「……小姑娘，麻煩妳了。」

穆穆祿德先生稍微想了一下，然後一臉抱歉地開口說道。

我獲得了許可，這樣一來就可以看到神聖樹了。

「優奈，妳要小心喔。」

我在兩人的目送之下走進岩山的洞窟內。

而熊急就像在說「我也要去～」一樣，自然而然地跟了過來。原來熊急也能進入結界啊。

穆穆祿德先生和莎妮亞小姐驚訝地目送熊急。

反正就算牠無法一起進來，我也只要在結界內召喚牠就行了。

洞窟裡很陰暗，於是我使用熊熊之光，使光球飄浮在天上。熊頭形狀的光球照亮了洞窟內。

經過一段有點蜿蜒的道路，前方有光線透了過來。

好像是出口。

我稍微加快腳步，往出口奔去。

一跑出洞窟，我便來到一個被岩山包圍的寬敞地點。

用棒球場來形容這裡或許比較貼切，也像是被岩山環繞的競技場。

太陽的光芒從上方照射下來。

我往中央望去，看見一棵大樹。

這就是神聖樹。

樹幹很粗壯，要有好幾個人牽著手才能繞他一圈。

枝葉很茂密，即使稱之為傳說之樹也不為過。

只不過，這棵大樹被寄生樹的藤蔓纏繞著，失去了神祕的氣息。藤蔓正在蠕動，感覺很噁心。

藤蔓也纏繞著紅喙鴉和野狼，有時候還會做出看似對遠處的我有所反應的動作。

或許是把我當成和野狼一樣的獵物了吧。

我試著用風魔法斬斷藤蔓。

雖然能輕鬆斬斷，但藤蔓會馬上再生，迅速變長。

他好像真的會吸取神聖樹的魔力和魔物的生命力。

讓他繼續成長下去，或許會很麻煩。

不論如何，我決定先打倒闖進這裡的野狼和紅喙鴉。和雞蛇比起來，牠們好對付多了。

249 熊熊與寄生樹戰鬥

其他的野狼和紅喙鴉可能是受到神聖樹的吸引，不斷靠近神聖樹。

而牠們一靠近，就會被寄生樹的藤蔓纏住。

要是牠們再繼續為寄生樹提供養分就傷腦筋了，於是我放出風刃，向牠們展現我的存在。

野狼和紅喙鴉遠離神聖樹，向我衝來。

我輕鬆地打倒撲過來的野狼和紅喙鴉。

接下來就只剩神聖樹了，我可以跟他戰鬥嗎？

連同被寄生的植物一起燒掉是打倒寄生樹最快的方法。

可是，我不能燒掉被寄生樹寄生的神聖樹。要是我那麼做，穆穆祿德先生等精靈會很困擾的，而且我也不想燒掉長得如此高大的樹。

但如果放著不管，他可能會變成吸引魔物的樹。

現在被寄生樹抓住的野狼和紅喙鴉就如衰弱的動物般無法動彈。這樣有點恐怖呢，要是被他的藤蔓抓住，我可能也會有同樣的下場。

為了向穆穆祿德先生確認我是否可以戰鬥，我離開神聖樹，回到洞窟外。

「優奈！」

莎妮亞小姐和穆穆祿德先生一臉擔心地跑過來。他們身後還站著阿爾圖爾先生，看來他也聽說事情經過，趕了過來。既然他待在這裡，就表示阿爾圖爾先生也沒能進入結界。

我向他們三個人說明裡頭的樣子。

「我打倒了魔物，寄生樹也要打倒嗎？」

「說得這麼簡單，妳能打倒他嗎？」

「嗯～如果能用燒的就輕鬆了。」

因為樹是易燃物。

「這……」

聽到我說的話，莎妮亞小姐語塞。

那是對精靈來說很重要的樹，聽到別人說要燒掉他，精靈當然會困擾了。

「我知道，我不會燒掉他的。可能還有什麼別的方法，我會試試看。」

打倒他的方法不是只有焚燒。

「優奈……」

話雖如此，他卻會用魔力再生。既然他能吸收神聖樹的魔力，體力或許能稱上是無限。結界大得足以圍起精靈森林，而且神聖樹有著能持續供給長達數百年的魔力，我的白熊服裝可能也無

法與之對抗。

不過，還是有方法能戰鬥。

「那麼，我去去就回。」

我轉身的時候，穆穆祿德先生對我說道：

「小姑娘，如果妳沒辦法打倒寄生樹，就連同神聖樹一起燒掉吧。」

「爺爺！」

「老爸！」

對於穆穆祿德先生的發言，兩人非常震驚。

「再這樣下去，不知道神聖樹會變成什麼樣子。雖然不清楚原因，但現在小姑娘能進入結界。」

這都是多虧了神賜給我的熊熊裝備。

「如果今後連小姑娘都進不去，就沒有人能處理了。」

「可是，說不定除了優奈以外，還有別人能進去呀。」

「那個人能夠燒掉神聖樹嗎？如果是精靈，任何人都知道神聖樹有多麼重要。而且那個人不一定是強者，那個人能和寄生樹戰鬥，同時燒掉神聖樹嗎？」

「這……」

莎妮亞小姐無法反駁穆穆祿德先生所說的話。

先前曾試著和寄生樹戰鬥的莎妮亞小姐似乎知道那是不可能的。

「再說，精靈不擅長使用火魔法，大多數的精靈都不會用。即使會使用，威力也不足以燒掉神聖樹。即使從遠處射火箭，也會被寄生樹的藤蔓擋下來。」

「…………」

「況且，燒掉神聖樹本身就是件難事。」

「可是，如果知道優奈燒掉了神聖樹，村民會……」

不管有什麼理由，村民肯定不會對我有好臉色。最糟的情況下，他們還有可能懷恨在心。那麼我就不能再來拜訪精靈村落，熊熊屋就更不用說了。

「到時候我會離開村落，你們就跟村民說我已經被趕出去了吧。」

這麼做是最圓滿的。

「優奈……」

「到時候我會負起責任，我會告訴村民樹是我燒的。」

「爺爺……」

「只有我們三個人能進入結界，只要你們保密，其他人就不會知道。」

「可是，如果身為長老的爺爺被當成凶手……」

「到時候我會把長老之位讓給阿爾圖爾。」

「老爸……」

這也說明了神聖樹對精靈來說有多麼重要。

「所以妳可以燒掉他，不必顧忌。」

聽到這番話，我就沒辦法輕易燒掉他了。如果是由我承擔責任，那我還能接受，但如果是由穆穆祿德先生承擔責任，燒掉神聖樹真的就是最終手段了。

穆穆祿德先生、莎妮亞小姐和阿爾圖爾先生的表情都充滿了悲壯感。

所以我決定掙扎到最後一刻。

「我會盡量避免用火，用別的方法打倒寄生樹的。」

我這麼說，回到洞窟內。

熊急還是一樣，跟在我的身後。

我站到神聖樹前。

如果只是要燒掉寄生樹，用熊熊火焰應該很簡單。

熊熊魔法的威力很強大，要是用錯地方，就會造成嚴重的災情。

我先放出風刃，隨便斬斷蠕動的藤蔓，可是他馬上再生，長出新的藤蔓。

他應該是靠神聖樹的魔力再生的吧？

嗯～最快的方法是找到寄生樹的根源，但那很困難。

要是根源埋進了神聖樹體內的話，那就糟糕了。

我在藤蔓搆不到的距離下繞行了神聖樹一圈。因為藤蔓從樹幹的部分延伸到樹枝頂端，所以我看不出個所以然。

在這種情況下，裝甲特別厚的地方大多都很可疑，但藤蔓層層纏繞的地方相當多。

既然有很多地方都很可疑，只要全部確認就行了。

這樣多少會傷到神聖樹，只能請精靈們別太計較了。

我首先對最可疑的地方——大量纏繞樹幹的藤蔓放出直向的一記風刃。

風刃在大樹的中心砍出一道直向的刀痕。

纏在樹上的藤蔓雖然被斬斷了，卻又馬上癒合。

我接著放出無數記風刃。

藤蔓像剛才一樣斷掉，卻依舊馬上再生。

嗯？

藤蔓裡面的樹幹看起來好像沒有受傷。

神聖樹意外的比想像中還要堅韌嗎？

既然如此，再粗魯一點應該也沒關係。

我做出一個小小的龍捲風，對樹幹施放。龍捲風包圍樹幹，切斷藤蔓，可是樹幹上到處都沒有看似寄生樹種子的部分。

只不過，這個程度的魔法似乎也傷不到神聖樹。

換句話說，使用更強大的魔法也沒問題。
我試著思考幾個方案。
但若要實行我想到的方案，我擔心魔力會不夠。
畢竟對手能從神聖樹吸取魔力，也有強大的恢復力。坦白說，這簡直是作弊。
既然如此，我也必須採取相應的措施。

我左顧右盼，確認周圍。熊急擺出「怎麼了？」的表情看著我。
我說「沒什麼」，走到岩山的角落，脫下熊熊布偶裝。
沒有人能夠進入這裡，所以也不必擔心換衣服會被偷窺。
目前除了熊熊屋之外，這裡或許是世界上最安全的更衣地點。
接著，我換上白熊布偶裝。
熊急的表情很開心，就好像在說「跟我一樣耶」。
不過，這樣應該就能提昇魔力的恢復速度了。
既然對手也會恢復，這樣就扯平了。

我以白熊的裝扮站到神聖樹前，然後放出無數記風刃。
我揮動右手和左手，雙手便放出風刃。

風刃不停地切斷寄生樹的藤蔓。

可是，藤蔓仍然反覆再生。我還以為會是我單方面攻擊他，他卻向我伸出藤蔓。

咦？藤蔓還能伸到這裡嗎？

距離明明相當遠。

我稍微往後退，但寄生樹對我射出了藤蔓上的葉子。

哦哦，原來他也會使用這種攻擊啊。

要是在換衣服時被攻擊，那就危險了。

「熊急，快後退！有什麼萬一的時候就拜託你掩護我了。」

我叫熊急後退，切斷藤蔓的根部，再生速度卻很快。

開外掛不太好喔。

我做出圓頂狀的土牆，抵擋樹葉攻擊。

對手會從上方射出樹葉，真卑鄙。

一下子是藤蔓伸過來，一下子是樹葉飛過來，雖然沒什麼威力，持續不斷的攻擊卻很煩人。

我趁著空檔攻擊，但他會再生，所以幾乎沒有意義。

再生果然是最討人厭的。

既然如此，我只要攻擊到讓他沒有時間再生就行了。如果樹葉很礙事，那就除掉吧。

使用這一招，或許不只會傷到寄生樹的藤蔓和葉子，還會讓神聖樹的葉子脫落，折斷他的樹枝。

只能請精靈們允許一點犧牲了。
我相信神聖樹比寄生樹更強壯。
我將魔力累積在右手的熊熊玩偶手套。
然後，我面對神聖樹，往右下方揮舞右手，神聖樹周圍便捲起一陣風。
風漸漸變大，開始在神聖樹周圍迴轉，化為一陣龍捲風。

好了，一決勝負吧。
究竟是我的魔力先耗盡。
還是寄生樹的再生速度先落後。
或是神聖樹無法承受龍捲風的力量。
甚至是神聖樹耗盡魔力，和寄生樹同歸於盡。
四選一。只要寄生樹的體力先透支，就是我贏了。
巨大的龍捲風以神聖樹為中心不斷迴轉。
龍捲風斬斷寄生樹的藤蔓，捲起神聖樹的葉子。
藤蔓每次再生都會馬上被切碎。

要是弄錯龍捲風的強度，就有可能傷到神聖樹。只傷到樹枝的話就別太計較了。

我調整龍捲風的強度，進入長期抗戰。

外掛對外掛。

魔力恢復對魔力恢復。

再生對攻擊。

我不知道誰比較有利。

戰況持續膠著，我的龍捲風卻漸漸剝除了寄生樹。藤蔓斷裂，葉片飛舞，樹枝也被吹斷。

神聖樹的樹枝雖然斷了，大樹本身卻沒有被傷到。

繼續堅持下去就能打倒寄生樹了。

神聖樹的葉子脫落了約一半時，我看到有某種東西在稍偏上方的位置發光。

我還以為是錯覺，卻又在瞬間亮了一下。

有個東西在龍捲風裡面不時閃著綠色光芒。

寄生樹的藤蔓斷掉的瞬間，那個東西就會發光。可是，藤蔓馬上再生，遮住了光芒，龍捲風切斷藤蔓後又會再發光，同樣的情況不斷重複。

我凝神細看。

那該不會是寄生樹的魔石吧？

有可能是神聖樹的魔石嗎？

神聖樹？

寄生樹？

話說回來，神聖樹有魔石嗎？

我開始思考。

即使神聖樹有魔石，應該也會位於樹幹中心。

況且切斷寄生樹的藤蔓才出現的東西不可能屬於神聖樹。

最重要的是，在這陣龍捲風之中，神聖樹的樹根牢牢抓著地面，承受著風壓。我並沒有傷到樹幹深處。

既然如此，答案只有一個——那是寄生樹的魔石。

我灌注魔力，強化龍捲風。

神聖樹大幅搖晃。

樹葉飛起，細小的樹枝被折斷。同時，我清楚地看見了寄生樹的魔石。

上方的樹枝分歧的地方有個類似大型種子的東西，中心有一顆綠色的魔石。

只要破壞那顆魔石，寄生樹應該就會死了。

「咿～」

熊急用擔憂的聲音叫著。

我沒事的。

我從熊熊箱裡取出熊急小刀，用黑熊玩偶手套確實拿好。

接著，我消除以神聖樹為中心的龍捲風。同時，我朝寄生樹種子的魔石丟出熊急小刀。

被龍捲風捲起的寄生樹藤蔓和神聖樹葉片飄落下來，閃著銀色光輝的熊急小刀則朝魔石直線飛去。

龍捲風消失的同時，寄生樹讓魔石周圍的藤蔓再生，包裹有著魔石的種子。

普通的小刀可能會被擋住，但那是加札爾先生打造的祕銀小刀，它的鋒利度是最頂級的。熊急小刀命中寄生樹的種子，摧毀了魔石。

於是纏繞著神聖樹的藤蔓停止動作，也停止再生。

這場長期抗戰是更改了規則的我獲勝。

正所謂勝者為王，敗者為寇。

雖然這種話不適合用來形容寄生樹，但最後是我獲得勝利。

250 熊熊的內褲被看到了

我重新望向神聖樹，被龍捲風吹起的樹葉從空中飄落下來。既然會飄落下來，就表示樹葉從樹枝上脫落了。神聖樹就像一棵枯木一樣，變得光禿禿的。

因為我最後加強了龍捲風的威力，害神聖樹的外表變得很單調。

經過一段時間應該就會恢復原狀了吧？

……我感到愈來愈不安。

嗯～我在飄落的樹葉之中思考。

灌注魔力的話，是不是就能讓他打起精神了呢？

還是要用治療魔法？

漫畫經常有灌注魔力後起死回生的情節。

好吧，我就試試看，不行的話再用「時間會解決一切」來搪塞吧。

我靠近化為枯木的神聖樹，以雙手觸碰粗壯的樹幹，一邊想像樹木長出枝葉的模樣，一邊使用治療魔法。

哦哦，他就像是暢飲泉水似的吸收了魔力。

可是會不會吸太多了？

多虧白熊布偶裝，我的魔力會持續恢復，神聖樹吸收魔力的速度卻更快。

然後，神聖樹開始發光。

哦哦，感覺就像遊戲中的場景。

他的光芒甚至讓我睜不開眼睛。我從神聖樹上抽離雙手，摀住眼睛。

然後，光芒消失，我緩緩睜開眼睛。

我退開，確認神聖樹，發現他已經長出了茂盛的枝葉。

看來順利成功了。

不過，消耗的魔力有點太多了。

我搖搖晃晃，差點往後倒下。

不過熊急撐住了我。

「熊急，謝謝你。」

「咿～」

我靠著熊急仰望神聖樹，他那莊嚴的模樣就如其名。

樹葉生意盎然，色彩鮮嫩。

這就是他原本的樣子啊。

我看著神聖樹時，後方傳來吵雜的聲音。

「這是怎麼回事？」

我回頭望向聲音的來源，看見穆穆祿德先生、莎妮亞小姐和阿爾圖爾先生佇立在那裡。

他們的視線交互望著神聖樹和我。

「你們三個怎麼會在這裡？不是無法進入結界嗎？」

「石碑突然發光，然後我們就能進入了。」

也就是說，因為我打倒寄生樹，提供魔力給了神聖樹，所以恢復原狀了嗎？

嗯，除此之外也沒有其他可能了。

「小姑娘，妳能說明一下事情經過嗎？」

穆穆祿德先生仰望復甦的神聖樹，這麼問我。

其實說明起來並不困難。

「呃，我打倒寄生樹，讓神聖樹復活了。」

我歪著頭說明。

除此之外也沒有其他答案了。

「這麼說來，那陣龍捲風果然是小姑娘……」

「那陣龍捲風真的很驚人。」

我抬頭仰望神聖樹。龍捲風確實很大。

我創造出足以包覆神聖樹的龍捲風，龍捲風甚至襲捲至相當高的地方。

似乎連待在外頭的穆穆祿德先生等人都看見了龍捲風。

「因為我用龍捲風把寄生樹再生的藤蔓全部切除了。」

「用龍捲風切除寄生樹……妳真的那麼做？」

「我覺得只要能趁他再生前打倒就行了。」

「妳也太亂來了。」

「攻擊寄生樹的時候神聖樹沒有受傷，我覺得會成功才這麼做的。」

「好吧，這麼說也對，我只是覺得妳的魔法很驚人。」

還好啦，寄生樹只是再生能力很強，其他地方都沒什麼大不了的。

用風刃就能輕鬆斬斷，攻擊力也不強，只要別被藤蔓抓住就沒什麼好怕的。

穆穆祿德先生等人目瞪口呆地聽著我的說明，雖然一時之間難以置信，但我打倒寄生樹，搶回了神聖樹。

「原來如此，能使用如此強大的魔法，也難怪妳能打倒雞蛇。」

穆穆祿德先生似乎明白了。

「可是也因為這樣，神聖樹的枝葉被波及了。」

我往地上望去，三人也低頭一看。

地面就像是剛經歷過一場風暴，到處都是神聖樹的枝葉，彷彿一片綠色的地毯。

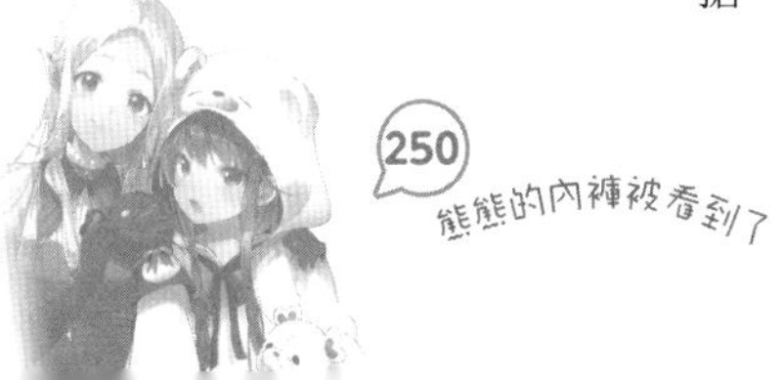

「可是，神聖樹的葉子……」

三人交互看著地上的枝葉和蓊鬱的神聖樹。

「抱歉，我實在無法理解。」

「老爸，我也一樣。」

穆穆祿德先生和阿爾圖爾先生兩人似乎很混亂。

也對，地面上明明掉著大量的樹葉，神聖樹的樹葉卻很茂密。

會感到疑惑也無可厚非。

「可是優奈，這個狀況是怎麼回事？我能理解妳的魔法把神聖樹的樹葉吹落了，但為什麼神聖樹還是這麼茂密？」

莎妮亞小姐交互看著掉在地上的樹葉與神聖樹的茂密樹葉。

「而且神聖樹比我昨天看到時還要茂盛，當時也沒有這麼生氣勃勃。」

「我用龍捲風打倒了寄生樹，神聖樹卻因為寄生樹的關係，看起來有點缺乏魔力，所以我就對他灌注了魔力。結果，神聖樹就發光長出了樹葉。」

「妳說妳對神聖樹灌注了魔力？」

我沒有說謊，只是模糊其詞而已。

「原來那道光是神聖樹發出的啊。」

長出樹葉的原因很可能是因為治療魔法，但我也不知道為何會發光。

「優奈，妳竟然對神聖樹灌注魔力，真是太亂來了。」

我也這麼想。

因為那麼做了，我的魔力幾乎用完了。

即使是白熊布偶裝，也無法在短時間內恢復魔力。

我的身體有點疲憊，很想回去睡一覺。

「是因為小姑娘提供魔力給神聖樹，讓神聖樹取回原本的力量，我們才能進入結界嗎？」

這部分的事情就算問我，我也答不出來。

只不過，我覺得結界能恢復原狀，無疑是因為清除了寄生樹。

「我大概懂了，可是為什麼妳要換衣服？看到妳突然脫掉衣服的時候，我嚇了一跳呢。」

「……！」

剛才莎妮亞小姐說了什麼？

我聽到她說自己看到我脫衣服的樣子了。

……也就是說，真的是那麼一回事嗎？是嗎？

我試著向莎妮亞小姐發問。

「呃～妳的意思是，妳透過召喚鳥看到我了嗎？」

「是呀，因為我很擔心妳，所以從頭到尾都在看。」

莎妮亞小姐說出驚人之語。

也就是說，我換衣服的場面從頭到尾都被她看光光了。

那個樣子和這個樣子都被莎妮亞小姐……

我跪了下來，用手撐著地面。

莎妮亞小姐是女性這件事是我唯一的救贖。

雖然完全忘了召喚鳥的存在是我不對，但一想到換衣服的樣子被看見，我就覺得很丟臉。

如果目擊者是穆穆祿德先生或阿爾圖爾先生，我可能會羞恥得逃離現場。

我擠出力氣，試圖站起來。

可是，莎妮亞小姐的下一句話又讓我再度陷入低潮。

「沒、沒事的，除了我之外沒有人看到，而且我也只是遠遠觀望，不會連妳的內褲也是熊熊圖案都……」

莎妮亞小姐把站起來的我擊倒在地。

我好想回家。

熊急用臉頰磨蹭沮喪的我，表示安慰。

熊急，謝謝你。

「啊啊，真是的，被我看到也沒什麼好害羞的嘛。我在洗澡的時候就看過妳換衣服的樣子了，妳也有看過我換衣服，這樣就扯平了吧？」

雖然莎妮亞小姐對沮喪的我這麼說，但在浴室的更衣間看見彼此，跟我一個人在外頭換衣服的樣子被看見，完全是兩碼子事。

早知道就應該蓋一間簡易更衣室的。

到底是誰說這裡是除了熊熊屋之外最安全的更衣地點的……是我。

我好想對當時的我說「給我去更衣室裡換衣服」。

「所以優奈，妳為什麼要換衣服？」

莎妮亞小姐看著我的白熊服裝，這麼問道。

從王都來到精靈村落的期間，莎妮亞小姐就看過我的白熊造型幾次，但我沒有說明過，所以她或許只覺得這是我的睡衣吧。

「換成白熊的造型就可以恢復魔力。因為我覺得和寄生樹戰鬥時有這個必要，所以才會換衣服。」

「是嗎？原來這副打扮不是出於妳的喜好呀。」

我也不是因為喜歡才打扮成這個樣子的。

這一切都要怪把我帶來這個世界的神。

我努力打起精神。

後來，當我把來龍去脈說明完，三人重新向我道謝。

最後，穆穆祿德先生的眼眶甚至微微泛著淚光。

大概是因為這幾天來的緊張終於解除了吧。

一下子發現神聖樹被寄生樹寄生，一下子有雞蛇襲擊村落，一下子被神聖樹的結界擋在門外……這麼多的事應該讓他感到心力交瘁吧。

我真心覺得長老、領主、國王這種勞心傷神的工作實在是吃力不討好。

看著穆穆祿德先生和克里夫與國王，我就更加這麼認為了。

把麻煩事交給別人，只做喜歡的事情是最輕鬆的。

嗯，這就是典型的廢人思考模式。

畢竟我以前是家裡蹲的遊戲宅，這也沒辦法。

「那麼，確認過神聖樹，就回村裡一趟吧。」

聽到穆穆祿德先生這麼說，三人開始採取行動。

我也不能忘記回收熊急小刀。

站在這裡看不到被樹葉擋住的小刀，於是我靠近神聖樹。

「我的小刀在上面，可以爬上去拿嗎？」

我問站在神聖樹根部的穆穆祿德先生。

希望他不要禁止我爬上神聖樹。

「我幫妳拿吧。大概在哪裡？」

附近的莎妮亞小姐自告奮勇。

「我可以自己拿，沒關係的。」

「妳從剛才開始就搖搖晃晃的。優奈，妳就先休息吧。」

因為過度消耗魔力，我確實有點疲憊。這種感覺就跟狩獵克拉肯的時候一樣，原因似乎在於過度消耗魔力。最後對神聖樹使用的治療魔法好像就是壓垮駱駝的最後一根稻草。

我把插著熊急小刀的位置告訴莎妮亞小姐，拜託她回收熊急小刀。莎妮亞小姐爬上神聖樹，帶著熊急小刀回來。

「謝謝妳。」

「這沒什麼。跟妳為我們做的事情相比，這只是雞毛蒜皮的小事。優奈，妳就好好休息吧。」

我接受莎妮亞小姐的好意，穿著白熊服裝倚靠在熊急身邊，看著他們三個人。

莎妮亞小姐和穆穆祿德先生與阿爾圖爾先生一起開始確認神聖樹。

穆穆祿德先生檢查樹幹附近，莎妮亞小姐檢查地面上的樹葉，阿爾圖爾先生則檢查神聖樹上方的部分。

我決定靠著熊急等待，直到他們確認完畢。

251 熊熊聽說契約魔法

「優奈，妳還能動嗎？」

確認完神聖樹的莎妮亞小姐走了過來。

「嗯，畢竟休息了一陣子。不過，我今天已經不想再動了。」

雖然已經恢復到能動的程度，我還是不想動，我很想就這麼抱著熊急睡覺。

「那當然了。妳在今天之內跟雞蛇戰鬥，又清除了寄生在神聖樹上的寄生樹。」

「沒錯，小姑娘做了這麼多事，會累也是正常的。」

我正在跟莎妮亞小姐對話的時候，穆穆祿德先生與阿爾圖爾先生走了過來。

他們倆剛才爬上了神聖樹，又處理了寄生樹留下的藤蔓。雖然已經不會動了，那畢竟還是寄生樹的藤蔓。

「大概就處理到這邊吧。我也有點擔心村落，今天就先回去一趟吧。」

「神聖樹沒問題嗎？」

「應該沒有問題。不過，還要暫時觀察一下情況。」

也對，這棵樹這麼高大，應該沒辦法輕鬆確認完所有地方。

我不知道寄生樹是怎麼散播種子的，如果不好好確認，有可能會再發生同樣的事。我只能祈禱這次的事情不會再發生第二遍。

我們走到通往神聖樹的岩山洞窟之外。

來到外面的穆穆祿德先生再次確認是否能進入結界。他對石碑灌注魔力，石碑便開始發光，讓他順利進入洞窟。

「優奈，妳也可以確認一下嗎？」

莎妮亞小姐確認自己可以進去後，這麼拜託我。

我沒有像莎妮亞小姐等人一樣把手放在石碑上，一個人走向洞窟。

我伸出手前進。如果有結界的話，我應該會摸到像牆壁一樣的東西，可是我的手沒有受到任何阻撓，身體順利進入洞窟。

「到底是為什麼呢？」

「小姑娘，妳有身為精靈的遠親嗎？」

我這個異世界人不可能擁有精靈的血統。

所以我搖了搖頭。

「不過，即使優奈有精靈的血統，也不構成可以進入結界的原因呀。」

莎妮亞小姐馬上否定穆穆祿德先生的猜測。

我能進入結界，大概是因為有神賜給我的熊熊布偶裝。

可是，我不能說出這件事。

「也罷，再怎麼想也不會知道原因。只要知道小姑娘現在對神聖樹沒有惡意，那就沒問題了。」

我當然沒有惡意。想要樹葉或樹枝的話，只要提出請求就行了。

我們回到村落，村裡非常平靜。

在那之後，似乎沒有其他魔物來襲。

「那麼，我要回我的房子休息了。」

「妳一個人沒問題嗎？要在我家休息也可以喔。」

「我會騎著熊急回去，沒問題。而且要休息的話，待在自己家裡比較放鬆。」

「是嗎？優奈，真的很謝謝妳。」

「小姑娘，感謝妳。」

「謝謝。」

聽完三人的謝詞，我騎著熊急前往村外的熊熊屋。

穆穆祿德先生接下來好像要召集村民，宣布寄生樹被清除，神聖樹已經恢復原狀的消息。

他們不會提到我的事。

因為如果村民聽說我進到只有穆穆祿德先生等人能進入的地方，一定會引起混亂，說不定還會有人懷疑我與寄生樹有某種關聯。所以，清除寄生樹的功勞會算在穆穆祿德先生等三個人的頭上。

我不打算成為英雄，也不想讓村民陷入混亂，只要和熊緩與熊急一起玩耍的孩子們能展露笑容，我就心滿意足了。

回到熊熊屋的我把熊急變成小熊，召喚小熊化的熊緩，抱著牠們倆躺到床上。床鋪躺起來很舒服，我抱著熊緩與熊急，漸漸被睡魔侵襲。

「熊緩、熊急，晚安。」

我抱著熊緩與熊急，陷入沉睡。

我睡到一半醒來時，天已經黑了，熊緩和熊急都睡在我的懷裡。我小心別吵醒牠們，離開房間吃了點簡單的東西，然後再次回到房間，進入夢鄉。

我穿著白熊服裝睡覺，所以隔天醒來時，身體已經恢復正常了。

只不過，睡太多讓我好睏。

吃過早餐的我走出熊熊屋，便見到拉比勒達。

「呃，早安。」

「啊啊，早安。」

「你找我有事嗎？」

「長老希望妳去他家一趟。」

知道熊熊屋在哪裡的拉比勒達特地來轉達這件事。

難道拉比勒達一直在外頭等著我從熊熊屋出來嗎？

話說回來，長老有什麼事呢？

果然是要談昨天的事嗎？

「昨天受妳照顧了。」

受我照顧？寄生樹的事情不是要保密嗎？

「多虧妳打倒雞蛇，沒有人因此受害。如果長老有什麼萬一，那就大事不妙了。感謝妳。」

原來是這件事啊。

「不用放在心上啦，我只是做了自己能做的事而已。」

「妳真是個不可思議的女孩，難怪莎妮亞會中意妳。」

拉比勒達一個人露出了然於心的表情，閉上嘴巴。

於是，我們來到穆穆祿德先生的家。

「長老！我帶優奈來了。」

拉比勒達從玄關往屋內喊道。

很稀奇地，「進來吧」的回應從裡頭傳了出來。

「那麼，我要走了。」

拉比勒達只留下這句話便離開了。

我小聲說了句「打擾了」，走進屋內。我來到平常的那個房間，房間裡有穆穆祿德先生和莎妮亞小姐的身影。這裡沒有其他人，就連阿爾圖爾先生也不在。

「我們一直在等妳，請坐吧。」

我乖乖地坐到地上。

我用一般人稱之為鴨子坐的方式坐著。

穆穆祿德先生說起我回去之後發生的事情。

他們向村民說明寄生樹已經被打倒的事。

也確認其他人無法進入神聖樹的結界中。

「其他人果然進不去嗎？」

「是呀，後來爺爺又請幾個人來測試，沒有一個人能進去。」

原來在經歷那場戰鬥之後，他們又去了神聖樹那裡一趟。我原本心想他們還真有精神，又想起和寄生樹戰鬥的人只有我而已。

「結界恢復正常了，這都是多虧有小姑娘，謝謝妳。」

穆穆祿德先生低頭道謝。

聽說精靈森林周圍的魔物都消失了。魔物聚集而來的原因似乎在於寄生樹，他們說還要再觀察一陣子。

「從現狀來看，我想應該沒有問題。只不過，優奈能進入神聖樹結界的原因還是個謎，到底是為什麼呢？」

我在心中說了好幾次，這應該是因為有熊熊裝備的關係。我想不到別的原因，要是沒有熊熊裝備，我大概無法進入結界吧。

可是我不能說實話，只能說我不知道。

「對了，我想向小姑娘確認一件事。」

「什麼事？」

「我們隱瞞妳救了村落的事情真的好嗎？其實我們可以在神聖樹旁立一座石碑，向後代傳頌妳的事蹟……」

「不要這樣！」

我在穆穆祿德先生全部說完以前打斷了他的發言。

我可不想變成精靈們永遠祭祀的對象，這種事只在密利拉鎮發生就夠我受的了。

我已經拜託密利拉鎮不要把那件事傳出去，但也不知道他們會遵守諾言到什麼程度。

「妳救了我們精靈，我希望至少能將妳的事蹟流傳給我們家族的子孫。」

「你們如果做了石碑，我就把它打壞。」

我握緊熊熊玩偶手套，放在穆穆祿德先生面前。

「……既然妳都這麼說了，那就算了吧。」

或許是看出我有多認真了，穆穆祿德先生勉為其難地妥協。

這個人竟然擺出真的很遺憾的表情。

莎妮亞小姐還在旁邊笑，妳也阻止一下他吧。

要是流傳給精靈的子孫，至少會流傳個千年，搞不好還有可能長達數萬年。

我一定要阻止這種事情發生。

「所以優奈，我們想答謝妳，妳有沒有什麼想要的東西？」

好耶〜〜〜〜〜〜

我就是在等這句話。

我想想喔，首先是永久設置熊熊屋，還有精靈手環的做法，我也想要神聖樹的葉子。如果樹枝有什麼用途，我也想要。畢竟神聖樹就像是傳說之樹，或許能派上用場，只要收進熊熊箱就不怕占位子了。

另外就是食物了。這個村落有很多菇類。

菇類可以烤來吃，也能搭配肉類料理，還能放在披薩上。外行人自己採菇類是很危險的事，

就這一點而言，由長年食用菇類的精靈來採就不必擔心了。

我還有什麼想拜託的事嗎？

嗯，最重要的是熊熊屋，而問題在於熊熊傳送門。因為這裡距離王都很遠，要是不停來往兩地，就會遭人懷疑。

該怎麼辦呢？

我到底該不該拜託熊熊屋的事情呢？

因為有傳送門，如果不能使用傳送門，熊熊屋就失去意義了。

「嗯嗯～～～～」

怎麼辦？

「優奈，妳在煩惱什麼？只要是我們能做到的事，妳儘管說。」

「我有事情想拜託，可是和我的祕密有關，所以我很猶豫。」

「妳的祕密？」

「嗯，我想說出來，被人家知道又有點困擾。」

真是難以說明。

「我們精靈會替救了村落的小姑娘保守祕密，要使用契約魔法也沒問題。」

「契約魔法？」

「我們精靈要立下誓言，或是防止他人說出精靈的祕密時，就會使用這種魔法。」

「使用契約魔法以後，對方就無法違反契約的內容。」

那是什麼魔法？聽起來有點可怕。

「違反契約會怎麼樣？」

「最嚴重的情況下會致死。基本上只要試圖說出口就會感到呼吸困難，無法說話，即使透過文字轉達也一樣。」

那不就是詛咒嗎？

太危險了啦。

「不會很危險嗎？」

「契約就是如此，只要別說出來就行了。」

「而且契約內容就是保守祕密，怎麼可以試圖說出來呢？」

的確如此。可是，我不希望對方痛苦或是死去。

雖然前提是他們洩露了祕密。我不覺得他們兩個人會說出去，但也有可能會不小心說溜嘴。

昨天也發生過莎妮亞小姐在別人面前把我穿著熊熊內褲的事情說了出來的事。

「我可以更改痛苦的形式嗎？」

「改成什麼？」

我稍微思考了一下。

「……例如笑個不停之類的？」

我想了一下，答出隨意想到的點子。

笑總比痛苦好吧。

「優奈，妳真殘酷。」

「咦？」

「妳的意思是要讓對方笑到死吧？」

這位小姐在說什麼啊。

我明明就是為了不讓對方痛苦才這麼想的。

「也不是辦不到，但這樣好嗎？」

「這個嘛，比起感到痛苦，我覺得笑個不停比較好。」

「一直笑也很痛苦呀。」

比起痛苦的樣子，笑得很痛苦還比較好。

我尤其希望洩露熊熊內褲一事的人笑得很痛苦。如果不想笑破肚皮，像穆穆祿德先生說的一樣乖乖保密就行了。

「那好吧，我會在明天之前準備好。」

「那麼快就能執行嗎？」

「契約魔法沒有那麼困難，我們已經有原始的契約魔法陣了，只要更改精神的部分即可。」

「對了，妳要對誰說出祕密？可以告訴我嗎？還是只告訴爺爺？」

如果要說出熊熊傳送門的事，不只是要告訴身為長老的穆穆祿德先生，要回到王都的話，最好也能告訴莎妮亞小姐。

既然有熊熊傳送門，不用它回去就太麻煩了。

所以，為了設置熊熊屋，我要告訴身為長老的穆穆祿德先生、跟我一起回去的莎妮亞小姐，另外就是露依敏了吧？締結了契約的話，還可以給她熊熊電話。

因此，我說出三個人的名字。

「哎呀，露依敏也包括在內呀。」

「露依敏應該會替我保密，也告訴她比較方便。」

如果我想要蘑菇，就可以用熊熊電話來拜託。

「那麼，妳就在明天之前仔細想想要說出哪些祕密吧。」

「真好奇優奈要拜託什麼。」

祕密要到明天才能揭曉。

252 熊熊清理神聖樹

討論完畢的我們前往神聖樹所在的地方。

這次去是為了確認我是否還能進入結界，並打掃現場。

能進入結界的人只有穆穆祿德先生、莎妮亞小姐、阿爾圖爾先生這三個人。

不過阿爾圖爾先生好像去精靈森林外確認魔物了。

所以，如果我也能進入結界內，就要一起幫忙打掃。

我們來到神聖樹所在的岩山之前。穆穆祿德先生、莎妮亞小姐用手觸碰洞窟前的石碑，於是石碑發出光芒，兩人走進通往神聖樹的洞窟內。

我跟在他們後面。

「真的很不可思議呢。」

看到我什麼都沒做就能走進洞窟，穆穆祿德先生和莎妮亞小姐一臉不可思議地看著我。

「小姑娘果然還是能進來。」

是的，都是多虧有熊熊裝備。

我們一通過洞窟，就看到一片美麗的景象。

「好漂亮。」

大樹上長著鮮嫩的綠葉，陽光從天上灑落，使枝葉熠熠生輝。

「是呀，這都是多虧有優奈打倒寄生樹。」

「好了啦，別再謝我了。所以，我該做什麼才好？」

「回收神聖樹的樹葉。我們會把神聖樹的葉子做成茶葉，泡茶來喝。」

神聖樹茶——光聽名字就好像有什麼功效。

「莎妮亞小姐，神聖樹的葉子有什麼功效嗎？」

我用熊熊玩偶手套撿起落在腳邊的樹葉，這麼問道。

「嗯～喝了用它做成的茶就可以稍微恢復魔力並消除疲勞。」

恢復魔力和消除疲勞啊，就像是遊戲的治療藥水呢。

「疲勞的晚上喝，到了隔天早上就會覺得神清氣爽喔。」

似乎沒法馬上發揮效用，但很適合疲勞的日子喝呢。

不知道味道如何？

如果好喝的話，我也想要一些。就算有功效，難喝的話我也不想喝。

「那味道怎麼樣？」

「算普通吧？」

真是令人難以判斷的回答。

「因為叫做神聖樹，我還以為會很好喝呢。」

「這個嘛，畢竟每個人對味道的感受都不一樣，回村裡之後要不要喝喝看？」

「可以嗎？」

「妳救了我們的村落，這點小事不必客氣。而且我們想做的話，要做多少都可以。」

莎妮亞小姐看著掉在地上的神聖樹葉。

確實沒錯。

如果這是枯葉的話，就可以烤很多地瓜了。下次和菲娜等人一起吃烤地瓜也不錯呢。

「莎妮亞小姐，如果我想要那種茶葉的話，可以給我一點嗎？」

「可以呀。爺爺！優奈說她想要神聖樹的葉子做成的茶葉！」

「既然如此，就給她已經做好的茶葉吧。」

「謝謝你們。」

「雖然有很多樹葉，但畢竟做起來很花時間嘛。」

話說回來，既然能消除疲勞，拿來賣應該能賺錢。可以用「消除疲勞的神聖樹茶」之類的宣傳詞來打廣告。

不過，我不覺得精靈會做這種生意，也不覺得他們會主動宣傳神聖樹的事。

他們可能只會留著自己喝吧？

「好了，我們也來清掃樹葉吧。」

莎妮亞小姐使用風魔法，把地上的神聖樹葉集中起來。

雖然是因為沒有其他人能代勞，但村落的長老和他的家人掃落葉的樣子還是令人感到有點淒涼。

我也不能只顧著看，於是一起幫忙。

我製造一陣小型龍捲風，像吸塵器一樣吸起落葉。等到龍捲風裡充滿落葉，我便消除龍捲風，落葉便堆起一座山。我重複好幾次同樣的步驟，把落葉集中起來。

「優奈真熟練，我也來模仿看看好了。」

莎妮亞小姐這麼說，製造出一陣小型龍捲風。

「哎呀，很容易就能集中起來了呢。」

看到這一幕，穆穆祿德先生也模仿我們。不愧是精靈，輕輕鬆鬆就學會了，他們真是風魔法的專家。

我們不斷集中神聖樹的葉子。

已經蒐集到不少分量，應該能做很多茶葉。

我撿起樹枝，細小的樹枝果然折斷了。不過，看在只付出了這點代價就保住神聖樹的份上，請饒了我吧。我也提供了魔力給神聖樹，他應該沒有生氣。

我溫柔地撫摸神聖樹的樹幹。

「優奈，怎麼了？」

如果說我因為折斷了他的樹枝，所以正在向他道歉，應該會被笑吧。

「沒有啦，沒什麼。」

我這麼答道，回去幫忙。

「樹枝也集中起來了，這可以用在什麼地方嗎？」

畢竟是神聖樹的樹枝，或許有材質堅韌、不易燃燒之類的優點。

「我們會用樹枝來做護身符。神聖樹長年守護我們，所以據說用他的木材做成的護身符很靈驗喔。」

「很靈驗嗎？」

例如在遊戲中提昇幸運數值？

「這個嘛，誰知道呢？不過，我覺得他確實守護著我們精靈。」

大概是源自於這個種族的獨特信仰吧。

跟是否有效果無關。

「我也可以拿一點樹枝嗎？」

「妳想要嗎？」

「聽莎妮亞小姐這麼一說，我就想要了。」

「我可要先說，我們不保證有效果喔。」

這可是神聖樹的木材呢。他的魔力足以製造包圍整座精靈森林的結界，樹枝說不定有什麼用途。在遊戲裡，保留這類道具可是常識。

反正熊熊箱好像沒有上限，帶著也不礙事。

我取得穆穆祿德先生的許可，很厚臉皮地拿了各種粗細的樹枝。

後來，我們處理掉寄生樹的藤蔓殘骸，仔細確認沒有任何寄生樹殘留。

雖然他應該不會再生了，但還是要小心為上。

於是，打掃完畢的我們回到村落。然後，莎妮亞小姐按照約定，請我喝了神聖樹茶。

「還合妳的口味嗎？」

茶湯是褐色，看來似乎不是綠茶。

我聞聞看香味，沒有什麼奇怪的味道。我啜飲一口。

嗯，雖然有點苦味，卻不難喝。遺憾的是，我感覺不出是否有消除疲勞的效果。

因為我現在根本不疲勞。

不論如何，雖然不知道效果怎麼樣，我還是決定收下神聖樹的茶葉。

既然能消除疲勞，拿去請店裡的員工喝也不錯。

253 熊熊執行契約魔法

蒐集神聖樹葉、喝過茶的隔天，我為了執行契約魔法，前往穆穆祿德先生的家。

我敲門並走進屋內，看見貝娜小姐的身影。

「我老公在平常的那個房間等妳，快去吧。」

說完，貝娜小姐就離開了家裡。

我照她所說，前往平常的那個房間。

「優奈，我們一直在等妳。」

我走進房間，便看到穆穆祿德先生、莎妮亞小姐和露依敏。

「準備工作已經完成，隨時都可以開始。」

穆穆祿德先生面前鋪著一張大地毯，花紋很漂亮。昨天還沒有這張地毯。

我可以坐在上面嗎？

「不好意思，請別踩在地毯上。」

「對不起。」

「不，因為這張地毯是契約魔法所需的魔法陣。」

「是嗎？」

我重新觀察地毯，上面畫著漂亮的圓形花紋。

「呃，我聽說我也要締結契約。」

露依敏似乎沒有聽說詳細情形，表情有些不安。

「我想把我的祕密告訴露依敏，可是我不想被別人知道，可以拜託妳嗎？」

「只要是優奈小姐的祕密，我就不會說出去。如果優奈小姐希望我締結契約，我會配合的。」

「露依敏，謝謝妳。」

我道謝，露依敏便露出開心的神情。

「那麼，開始執行契約魔法。露依敏，我和莎妮亞會先締結契約。在這段期間，妳去家門口看守，別讓任何人進到家裡。」

任何人都可以在未經主人許可的情況下進入這棟房子。

露依敏按照穆穆祿德先生的吩咐，走向玄關。

剛才貝娜小姐會離開家裡，可能是穆穆祿德先生為了我才請她先到外頭去的吧。

「那麼，開始執行契約魔法吧。」

穆穆祿德先生開始在地毯上放置魔石。其中還有大型的魔石，幾乎跟我持有的克拉肯魔石差不多大。顏色是綠色，不知道綠色的大型魔物有哪些。

可能是跟克拉肯差不多大的魔物吧？

我這麼想著，一邊觀看穆穆祿德先生的準備過程。

「這麼一來就準備完畢了。接下來只要由小姑娘一邊灌注魔力，一邊說出契約內容即可。」

似乎比想像中還要簡單。

「這樣就會讓說出我祕密的人笑得很痛苦嗎？」

「是啊，若是違反與小姑娘的約定，對方就會笑得很痛苦。」

這麼說來，有這張地毯和魔石，就能輕鬆執行契約魔法啊。我很想要它，但應該不行吧。

如果我拜託的話，他們願意幫我做一張嗎？

「那麼優奈，契約內容是什麼？」

我一開始打算說出熊熊傳送門的事，但經過一個晚上的思考——

「我想請你們保守我的所有祕密，一定要一項一項說出來嗎？我現在不想說，但以後可能會說，到時候又要再執行契約魔法也很麻煩。」

「簡而言之就沒問題。」

「真的嗎？」

「契約魔法會對小姑娘灌注在魔力中的願望有反應。」

「這也包含祕密增加的情況嗎？」

「現在的妳不知道的事情不包含在內。契約魔法終究只能對妳現在想保密的事情發揮作用。」

這麼說來，如果我學會飛翔的技能，似乎就要締結新的契約。

也對，連我都不知道的未來當然不能加入契約魔法了。

話說回來，異世界的魔法還真是無奇不有。目前我想保密的事項似乎都能列入契約。

不過，像我這種渾身都是奇幻要素的人也沒資格這麼說就是了。

「關於優奈的祕密，我知道的就只有熊熊內褲的事了。」

「順帶一提，那件事也包含在內。」

我瞪著莎妮亞小姐這麼說道。

我的熊熊內褲是最高機密。

「對了，執行同一項契約魔法的人互相談到祕密的話，會怎麼樣？」

「這就要看小姑娘怎麼想了。如果妳希望對方不對任何人說，對方就無法對任何人說出祕密。不過，如果妳設定為不包含契約者，契約者之間就能談論了。」

嗯～好難喔。

考慮到發生什麼萬一的情況，無法談論可能會很麻煩。

「好吧，我決定好了。」

「那麼，我們開始吧。」

「呃，我這樣就可以了嗎？」

我讓熊熊玩偶手套的嘴巴開開合合。

「只要能灌注妳的魔力即可。」

我戴著熊熊玩偶手套，把手放在綠色魔石上。接著，穆穆祿德先生把手放在對面的魔石上。

「妳一邊灌注魔力，一邊說出契約內容吧。」

我灌注魔力，同時說出契約內容。

「不可以對別人說出我的祕密。不過，締結相同契約的人不包含在內。」

於是魔石開始發光，整個房間籠罩在刺眼得難以睜開眼睛的綠色強光中。

我不禁閉上眼睛，但沒有放開魔石。

然後，光芒漸漸收斂，最後消失。

我差點就嚇得放開手了。既然會發出這麼強的光，真希望他們一開始就告訴我。

不過，這樣就完成契約了嗎？

「好強的光呀。」

「我還是第一次見到這種情況。據說契約的強度與光芒的亮度成正比，這次的光芒比我過去締結的任何一項契約都還要強，這也就代表小姑娘的祕密有多麼重大。」

看來剛才的刺眼光芒對穆穆祿德先生他們來說也在意料之外。

可是，既然光芒的亮度會因契約內容而改變，就表示我的契約內容非常重大。

的確，我的祕密之中包含我是異世界人的事、關於神的事、布偶裝的事等等我不打算說出口的事。

我想，大概是這些事的影響吧。

「那麼，接下來輪到我了。」

莎妮亞小姐和穆穆祿德先生交換位置，正要觸碰魔石的時候，一陣奔跑的腳步聲朝房間接近。

「爺爺！姊姊！剛才的光是怎麼回事？」

露依敏衝進房間。

「剛才有好強的光從窗戶透出來。」

她掃視房內，對我們這麼說道。

剛才的光芒似乎穿透到屋外了。

「別擔心，我們只是和小姑娘執行了契約魔法，那只是魔石對魔力有反應而發出的光芒。」

「露依敏，我也要締結契約，麻煩妳再看守一下了。」

「嗯。」

露依敏走回玄關。

「那麼，我們快點解決吧。」

莎妮亞小姐觸碰魔石，我也觸碰對面的魔石，與莎妮亞小姐締結契約。

光芒就和穆穆祿德先生那時一樣強。

「接下來就只剩露依敏了。」

「在那之前先確認吧。」

「確認？」

「小姑娘，妳不確認看看也無法相信吧？而且我們也對契約的『笑』的效果很好奇。」

我確實認為有必要確認。

「可是不會很危險嗎？」

「只要不勉強說完就沒問題。露依敏！妳過來這裡！」

穆穆祿德先生這麼喊道，露依敏便走了過來。

「這次換我締結契約了嗎？」

「在那之前，我們要確認契約魔法的效果。」

「可是我還沒有說出祕密耶。」

「沒關係，我們已經知道一個祕密了。」

「是啊。」

「爺爺，你試試看。」

「不，這種事還是交給孫女吧。」

祖孫倆彼此互瞪。

「唉，那好吧。我會先確認，爺爺也要喔。」

「……好吧。」

「露依敏，妳過來這裡。」

莎妮亞小姐一呼喚，露依敏便靠了過去。

「那我要說了喔。優奈的內、內內內、內內內內是……」

「呃……」

我還以為她要說什麼……

「內？」

露依敏微微歪起頭。

她似乎不知道莎妮亞小姐想說什麼，可是我知道。她想要說出關於我的內褲的事。

莎妮亞小姐試圖說出內褲這個詞，卻說不出口。然後，她的嘴角歪斜，開始大聲發笑。她繼續嘗試說話，但卻笑到咳嗽，甚至眼泛淚光，在地上打滾。

該怎麼說呢？因為她剛才一說到「內」這個字就開始笑，感覺就好像是想起我穿著熊熊內褲的事情才會笑個不停。

如果我不知道她是因為契約才笑，心裡或許會以為她是在嘲笑我「穿著熊熊內褲」。

話說回來，莎妮亞小姐笑得相當痛苦。

這該不會比普通的痛苦還要殘酷吧？

直到她平復為止，時間過了幾分鐘。

「呼……呼……爺、爺爺！這比普通的契約還要痛苦呀。」

莎妮亞小姐氣喘吁吁，對穆穆祿德先生如此控訴。

「妳跟我抱怨也沒有意義啊。」

穆穆祿德先生看著莎妮亞小姐的狀態，表情正在抽搐。穆穆祿德先生似乎也沒想到情況會這麼嚴重。

「那麼，這次換爺爺了。」

莎妮亞小姐露出邪惡的笑容，對穆穆祿德先生遞出紙和筆。

「不，沒有必要吧。都已經確認完畢了。」

穆穆祿德先生試圖逃避。

「怎麼可以只有爺爺逃過一劫？這次來確認寫成文字也不行吧。」

莎妮亞小姐把紙和筆拿到穆穆祿德先生面前。

「有必要確認吧？」

「……」

穆穆祿德先生無奈地接過紙筆。然後，他開始書寫文字。穆穆祿德先生應該也是要寫關於我的熊熊內褲的事吧。

穆穆祿德先生開始寫字，寫了幾個字之後，他的手抖了起來，無法繼續寫下去，接著又把筆丟出去，捏緊紙張，發生和剛才的莎妮亞小姐一樣的事。

莎妮亞小姐笑了出來，露依敏則露出困擾的表情。

嗯～這也太慘了。

真不該一時興起就把懲罰改成大笑。

莎妮亞小姐說普通的痛苦還比較輕鬆，搞不好是真的。

過了幾分鐘，穆穆祿德先生就像是什麼都沒有發生似的，重新端正坐姿。

「咳咳，這樣妳應該了解契約魔法的效果了。」

他咳了一聲，轉頭看著我。

「我絕對不會把優奈的祕密說出去。」

看到穆穆祿德先生的慘狀，知道自己剛才有多麼失態的莎妮亞小姐堅定地宣誓。

也對，誰也不想被別人看到自己笑成那樣的樣子。

我也不想。

「那麼，最後輪到露依敏了。」

「呃，我一定要締結契約嗎？」

看到另外兩個人剛才的樣子，露依敏的表情也開始抽搐。

看到他們倆剛才的樣子，也難怪她會排斥。

「我絕對不會把優奈小姐的祕密說出去，我保證。」

「露依敏，這是我們跟優奈的約定。優奈救了這個村落，而她有事想拜託我們，但希望我們

不要對任何人說。即使如此，她也希望妳能知道祕密，妳想背叛優奈這份心意嗎？」

莎妮亞小姐擺出悲傷的表情。

嗯，這就是在說謊的臉。為了不讓露依敏逃過一劫，她演了這齣戲。不過，這裡卻有個人真的受騙了。

「……我明白了。只要別跟任何人說就沒事。可是，我絕對不要確認效果喔。」

露依敏堅持不願意確認契約魔法是否有在正常運作。

是啊，如果是我也一定會拒絕。

所以，我答應了她的要求。

順帶一提，露依敏締結契約的時候，去玄關看守的人是莎妮亞小姐。

254 熊熊說出祕密

我和祖孫三人的契約魔法締結完了。

「那麼優奈，妳想要拜託我們，又要請我們保密的事情是什麼？」

「我想請你們讓我在這裡蓋房子。」

「要蓋房子是可以，但為什麼？上次小姑娘也說過，自己並沒有要住在村裡吧。」

「嗯，因為我想在房子裡放這個。」

我說道，取出熊熊傳送門。

「優奈！這是什麼？」

我突然拿出一扇門，三個人都嚇到了。

「這是傳送門。只要打開這扇門，就可以移動到我在王都的家。因為我想要能隨時來往這個村落，所以才想蓋房子。」

「怎麼可能辦得到那種事？」

是啊，正常人當然不會相信。

為了證明，我打開熊熊傳送門。

我用熊熊玩偶手套打開的門通往的地方不是穆穆祿德先生的家中，而是王都的熊熊屋。看到門內出現沒有見過的地方，三人的臉上浮現驚愕的表情。

「這是怎麼回事？」

「門裡面是……」

「………」

三人睜大眼睛，看著敞開的熊熊傳送門。

莎妮亞小姐一下子看看熊熊傳送門的背面，一下子用難以置信的表情在熊熊傳送門周圍繞圈。

露依敏探頭往熊熊傳送門裡窺視，卻沒有試圖走進裡面。

「這扇門真的通往王都嗎？」

「它連接著我在王都的家。」

我先穿越門，移動到位於王都的熊熊屋。

看到我走進門內，莎妮亞小姐也緊張地通過熊熊傳送門。莎妮亞小姐一通過，露依敏和穆穆祿德先生也跟了上來。

移動後，三人環顧整個房間。

這裡是放著熊熊傳送門的房間。因為只放了一點東西，房裡很單調。

「這裡真的是優奈在王都的家嗎？」

「如果是莎妮亞小姐，出門看看應該就知道了。」

待在熊熊屋內看不出這裡是王都，所以我帶著大家走出熊熊屋。

一走出熊熊屋，眼前就是莎妮亞小姐熟悉不已的王都街景，也是露依敏當時昏倒的熊熊屋前。

而三人的視線前方有著王都最高的建築物，獨一無二的地標。

「……城堡……這裡真的是王都嗎？」

「真不敢相信。」

「一瞬間就……」

莎妮亞小姐對熟悉的景色啞口無言，露依敏則左顧右盼，穆穆祿德先生用驚訝的表情看著城堡。

這個時候，莎妮亞小姐邁出步伐，所以我用熊熊玩偶手套抓住她。

「莎妮亞小姐，妳要去哪裡？」

「我想確認一下……」

「就算不確認，妳也看得出這裡是王都吧？」

「是沒錯……」

雖然看得出是王都，但她似乎還無法打從心底相信。

「而且要是被認識的人看到不可能出現在這裡的莎妮亞小姐就麻煩了，我們回去吧。」

要是一直站在熊熊屋前，被熟人撞見就糟了。我拉著莎妮亞小姐的手，拍拍露依敏的肩膀，呼喚穆穆祿德先生，帶著大家回到熊熊屋。

然後，我們通過熊熊傳送門回到穆穆祿德先生的家。回來之後，我沒有忘記關門。

「真是難以置信。」

穆穆祿德先生坐到地上，盤起腿來。

「優奈，這到底是什麼？」

莎妮亞小姐觸碰熊熊傳送門，這麼問道。

「這是我持有的魔導具。」

我不能說是神給我的技能，所以謊稱是魔導具。

「魔導具？」

「就是能連接門與門，來往各地的魔導具。」

「優奈，妳是從哪裡拿到這種東西……」

「抱歉，我只能說到這裡，我已經盡量透露得夠多了。」

關於熊熊傳送門，我不能再說更多了。

「可是……」

「莎妮亞！」

莎妮亞小姐正要開口時，穆穆祿德先生打斷了她。

「小姑娘已經說她不能說了，我們精靈也有許多不能說的祕密，就跟她一樣。既然她已經說到這個程度了，妳就放過她吧。即使知道她是如何獲得這種門的，我們對待小姑娘的態度也不會改變。」

「爺爺……」

莎妮亞小姐把話吞回去，閉上嘴巴。

她大概有很多問題想問，卻硬是忍了下來吧。

這個嘛，我也不是不了解莎妮亞小姐的心情。可是，我不能再繼續說下去。

莎妮亞小姐看著穆穆祿德先生和我，輕輕嘆了口氣，然後露出放棄的表情。

「好吧，我不會再多問。而且要是聽說了，我可能會怕得睡不著覺。不過，妳為什麼要把這麼驚人的祕密告訴我們？繼續隱瞞不是很好嗎？」

問得有道理。

「我剛才也說了，想自由來往精靈村落是最大的原因。露依敏和穆穆祿德先生都知道我是從王都來的吧？而且，露依敏也知道王都有多遠，要是我太頻繁造訪精靈村落，你們都會覺得很奇怪吧？」

「是，的確很奇怪。」

費盡千辛萬苦才抵達王都的露依敏使勁點頭。

「可是我想要來往村落，所以希望露依敏和穆穆祿德先生可以知道。如果有村民起疑心的

話，我想請你們幫我解釋。」

「那我呢？」

「莎妮亞小姐不是要跟我一起回王都嗎？要是不告訴妳，要回王都就會很麻煩。如果精靈村落發生什麼事，就能使用傳送門，對莎妮亞小姐來說也有好處吧？」

雖然我們不希望這次的事情再度發生啦。

「如果能一瞬間回到目的地，的確不需要長途跋涉呢。而且如果能輕鬆回到王都就太好了。」

莎妮亞小姐對我說的話表示贊同。

我們能不經歷漫長的旅途，一瞬間回到王都。不論是誰，一定都會選擇能瞬間移動的方法。

莎妮亞小姐用手觸碰熊熊傳送門，試圖打開它。

「這扇門只有我才能打開喔。」

「是嗎？」

「真的打不開呢。」

莎妮亞小姐試圖開門，門卻依然緊閉。露依敏也和她一起開，還是打不開。

「所以，莎妮亞小姐是不能單獨移動的。」

「真可惜，我還以為可以偶爾借用一下呢。」

要是其他人可以任意使用，那就不太妙了。

這部分都要感謝神，幹得好。

她們放棄打開門，離開熊熊傳送門。

「打開這扇門就能前往王都……虧我那麼辛苦才抵達那裡。」

露依敏覺得自己的努力好像白費了，垂頭喪氣。

「因為只能在設置了傳送門的地點之間移動，所以還是要親自抵達當地一次才行。」

「雖然是那樣……」

露依敏似乎無法接受。

也對，露依敏經歷過令她不禁落淚的悲傷事件，我遇到她的時候，她甚至餓倒在路邊。對辛辛苦苦來到王都的露依敏來說，知道有方法能輕鬆來往王都，似乎讓她覺得自己一路以來的辛苦都是白費力氣。

不過，獨自旅行是很寶貴的經驗，我想她並不是白費力氣。

「露依敏，如果妳用傳送門移動，就沒辦法遇到米蘭妲小姐等人，說不定也不會遇到我了。所以，妳不可以否定自己的緣分喔。」

「……說得對。我能遇到米蘭妲小姐和優奈小姐，也是多虧有發生那些事。」

露依敏坦然說道。

「不過，這下子我終於知道優奈不時出沒在王都的原因了。」

「不可以說出去喔。」

「我知道啦，我根本不會想說出去，也不會背叛救了我們村落的優奈。最重要的是，那種感覺實在太痛苦了。」

可能是覺得大笑地獄非常痛苦，莎妮亞小姐抱住自己的雙肩，微微顫抖。

「話說回來，我還在想優奈會有什麼祕密，沒想到這麼驚人。」

莎妮亞小姐用傻眼的表情嘆了口氣。

「難怪締結契約時會發出那麼刺眼的光。」

大家似乎都理解了，於是我收起熊熊傳送門。

「所以，優奈的祕密只有剛才那種門嗎？既然如此，不設定成所有的祕密，把這扇門當成祕密就好了吧？」

「少女是有很多祕密的。」

「例如熊熊內褲？」

「莎妮亞小姐，妳想一個人回王都嗎？」

「開玩笑的啦，對不起。」

莎妮亞小姐雙手合十道歉。

「這麼說來，優奈還有其他祕密嘍？」

我望向露依敏。

「露依敏，把手伸出來。」

「有什麼事嗎？」

露依敏不疑有他，對我伸出手。

我把一個Q版熊熊擺飾放在露依敏的手掌上。

「好可愛喔，這是要送給我的嗎？我會裝飾在房間裡的。」

露依敏高興地看著熊熊電話。

「露依敏，這可不是熊造型的擺飾喔。」

「是嗎？」

露依敏歪起頭。

「這是可以跟遠方的我對話的魔導具。」

「遠方？」

可能是聽不懂，露依敏歪著頭。

「優奈，那是什麼意思？」

「就是字面上的意思。不管距離多遠，我們都可以透過彼此的熊玩偶對話。」

我再拿出另一支熊熊電話。

「妳的意思是，待在這個村落的露依敏可以和待在王都的我對話嗎？」

「露依敏和莎妮亞小姐無法對話喔。」

「是嗎？」

「這個魔導具要其中一支在我手上才能使用。」

知道自己無法使用，莎妮亞小姐有點遺憾。

「這種魔導具好像很厲害，但真的可以和遠方的人對話嗎？」

明明才剛見識過熊熊傳送門，莎妮亞小姐似乎還是難以置信。

「呃，那麼露依敏，我教妳怎麼用，來試試看吧。」

「啊，好的。」

露依敏有一點緊張，握緊熊熊電話。

「話雖如此，其實沒有那麼難。只要拿著它想著想對話的對象，再灌注魔力就行了。所以妳要想著我。」

我開始示範。

於是露依敏手上的熊熊電話發出「咿～咿～」的聲音。

「熊熊叫了！」

「這隻熊開始叫，就是我想要跟妳對話的信號，妳只要稍微灌注一點魔力，就可以跟我對話了。」

露依敏對熊熊電話灌注魔力，叫聲就停止了。

「說話時要對著這隻熊說話，我的聲音會從熊的嘴巴傳出來。那麼，這次換妳來試試看。」

「好、好的。」

露依敏閉上眼睛，握緊熊熊電話。於是，我手上的熊熊電話發出「咿～咿～」的叫聲。

「熊熊叫了呢。」

露依敏高興地看著我拿著的熊熊電話。

「這樣一來，只要我灌注魔力，不管距離多遠都能跟妳對話。」

「優奈小姐，真的能對話嗎？」

「嗯～那麼露依敏，妳稍微離我遠一點。」

示範給她看，她就會相信了吧。

「呃，要距離多遠呢？」

「聽不到聲音的其他房間就可以了吧？」

「那我去二樓好了。」

「到時候妳再做一次和剛才相同的事情。」

「我知道了。」

露依敏快步走出房間。

等待了一陣子，我手上的熊熊電話便發出「咿～咿～」的聲音。

我灌注魔力後，聲音停了下來。

『呃，優奈小姐，妳聽得到嗎？』

「我聽得到。」

露依敏的聲音從熊熊電話傳來。

『真的聽得到優奈小姐的聲音耶。』

「順帶一提，只要我拿著話筒，莎妮亞小姐也可以跟妳對話喔。」

我拿著熊熊電話，遞到莎妮亞小姐面前。莎妮亞小姐對熊熊電話說道：

「露依敏，妳也聽得到我的聲音嗎？」

『嗯，我也聽得到姊姊的聲音。』

「也聽得到我的聲音嗎？」

連穆穆祿德先生都對著熊熊電話說話。

『嗯，我聽得到。』

「好了，妳回來吧。」

確認完畢的我請露依敏回來。

『好的。』

她一回應，就有跑下階梯的聲音傳了過來。

「優奈小姐，這個太厲害了。我真的可以聽到優奈小姐和姊姊跟爺爺的聲音。」

露依敏一臉興奮地回到房間。

「優奈，真的不管距離多遠都能對話嗎？」

「沒錯。」

我已經跟身在克里莫尼亞的菲娜對話過了。

「優奈小姐，我真的可以收下這個嗎？」

「可以啊。如果要來拜訪精靈村落，我會事先聯絡妳，妳如果有什麼事也可以聯絡我。」

「好的。可是不能和姊姊對話，我覺得有點可惜。」

「有什麼事的話，我也可以幫妳們傳話。」

「到時候就拜託優奈小姐了。」

「不過，使用的時候要小心喔。要是被別人知道，就會有大笑地獄等著妳喔。」

「嗚嗚……這個會突然響起來吧？」

「是啊，如果是我主動打來的話。」

「我知道了。如果它響了，我會趕快移動到沒有人的地方。」

露依敏緊緊握住熊熊電話。

「對了，優奈小姐，這個東西沒有名字嗎？」

「它的名字叫做熊熊電話。」

「熊熊……」

莎妮亞小姐欲言又止。

「熊熊電話，好可愛的名字喔。」

可是露依敏說這個名字很可愛，真是個好孩子。

「我順便問問，剛才的門叫做什麼？」

「熊熊傳送門。」

「熊熊……」

我知道莎妮亞小姐想說什麼，但不予理會。

畢竟這些名字不是我取的。

255 熊熊回到王都

我已經說完我一部分的祕密——熊熊傳送門、熊熊電話了。

「小姑娘的祕密我們知道了。身為這個村落的長老，我會遵守約定。而我們隨時歡迎小姑娘造訪這個村落。」

穆穆祿德先生鄭重向我保證。

「所以，優奈為了設置傳送門，想要把熊熊的房子放在這裡對吧？」

「嗯，可以的話，我希望是不顯眼的地方。」

「我記得妳現在是放在河川的上游吧？孩子們也會在河邊玩，所以會被發現呢。」

要是被發現，應該會引起騷動。

「所以我想說能不能放在神聖樹那裡？」

被神聖樹的結界包圍的岩山裡面不會被周圍的人看到，只有特定的人能夠進入內部。

可是，那個地方對精靈來說很重要，我不抱期待地試著詢問。

「除了我們以外，確實沒有人能進入裡面……」

莎妮亞小姐不知道該如何回應，望向穆穆祿德先生。

「關於這件事，我有話要告訴莎妮亞。」

「什麼事？」

「考慮到今後的事，我要重設結界。妳暫時沒有打算回到村落吧？」

「嗯，我還要暫時待在外面一陣子。」

「結界的解除需要我、阿爾圖爾、莎妮亞這三個人。不過，今後不知道還會發生什麼事，所以我打算把這件事交給待在村裡的露依敏。」

「我嗎！」

露依敏非常驚訝。

「露依敏也長大了，已經能設立結界了吧？」

我記得莎妮亞小姐曾說露依敏還太小，無法設立結界，可是那是指十年前的狀況。和十年前相比，她已經有所成長了。

「我們難保今後不會發生同樣的事，妳就當作是在莎妮亞回到村落之前代替她的職位吧。」

「是呀，這樣我也比較安心。」

「所以，小姑娘，我們要重設神聖樹的結界，可能會讓妳無法再進入。如果重設結界之後妳還是能進入，那麼我就允許妳搭建房屋。」

穆穆祿德先生似乎認為重設結界之後，我會變得無法進入。

會覺得他是因為我能進去才想重設結界，是我的個性太惡劣了嗎？

「如果我不能進入神聖樹的結界裡呢？」

「當然，妳可以搭建在喜歡的地方。」

如果神聖樹的結界裡不行，那大概就是河川上游了吧？

總而言之，神聖樹的結界裡不行的話再考慮吧。

「那麼，小姑娘的請求只有設置房屋嗎？這樣可算不上謝禮。能移動到王都的門，還有妳給露依敏的遠距離對話魔導具雖然對妳有好處，對我們也有好處。能和莎妮亞取得聯絡，對我們來說很有幫助。而且小姑娘不只打倒了寄生樹，還打倒了雞蛇，如果還有什麼事，妳儘管說。」

「其實只要能獲得拜訪這個村落的許可，我就滿足了。我來的時候，你們解釋起來也很辛苦吧？」

「沒什麼問題。只要我們事先串通好，說妳是來自附近的城市就行了。不過要這麼做的話，或許也該通知阿爾圖爾一聲。」

「是呀。而且要在神聖樹的結界內蓋房子的話，爸爸也知道會比較好。要是你們在神聖樹的結界內巧遇，事情可能會變得很麻煩。」

神聖樹的結界內突然出現一棟房子，的確會嚇到人家。要是我走出家門的樣子被看到，那就很難找藉口了。

「的確如此。小姑娘，我們能讓阿爾圖爾得知這件事嗎？即使要在神聖樹以外的地方搭建房屋，先知會阿爾圖爾也比較沒有問題。阿爾圖爾是下一任長老，他知道這件事，也比較容易說服

其他精靈。」

「他願意跟我締結契約的話就沒問題。」

他會願意嗎？會笑得很痛苦耶。

「露依敏，妳去叫阿爾圖爾過來。」

「嗯，我知道了。」

穆穆祿德先生拜託露依敏，她便走出房間。

「拉比勒達有可能會起疑心吧？」

「不會啦。不知道為什麼，拉比勒達好像很中意優奈。而且他會遵從爺爺的指示的。」

那就好。

既然如此，我就恭敬不如從命了。

「另外，我也能取得莎妮亞小姐和露依敏的那種精靈手環嗎？」

「小姑娘，妳都能使用那麼強的風魔法了，還是想要嗎？」

「我打算送給我認識的一個女孩。」

送給菲娜的話，她或許會很高興。

「很可惜，我們不能幫妳做。」

果然如此。

「那是父母送給孩子的禮物。很抱歉，我們不能幫妳做。」

穆穆祿德先生低頭道歉。

「不會，沒關係。是我太強人所難了，對不起。」

我只是覺得如果能得到的話，可以送給菲娜當禮物。用來自精靈森林的蘑菇和山菜做好吃的料理給菲娜也不錯。

所有的請求都說完後，露依敏帶著阿爾圖爾先生回來了。

「爺爺，我帶爸爸來了。」

「老爸，有什麼事？」

「阿爾圖爾，你現在和小姑娘執行契約魔法吧，契約的內容是保守小姑娘的祕密。」

阿爾圖爾先生一抵達就聽到穆穆祿德先生這麼說，於是擺出一頭霧水的表情。這也難怪，突然聽說要跟我締結契約，他當然會感到困惑了。

「我們也都執行了契約魔法。不過，聽說了小姑娘的祕密以後，我們認為你也有必要知道。」

「露依敏也締結了契約？」

「是的，我也締結了。」

他望向莎妮亞小姐，莎妮亞小姐也點點頭。

「好吧。」

「可以嗎？」

我還沒有說明內容呢。

「這是身為長老的老爸決定的事，而且小姑娘救了我們的村落，我不會打破與她的約定。」

於是，我也和阿爾圖爾先生締結了契約魔法。

然後，我把熊熊傳送門的事、要把熊熊屋蓋在神聖樹結界內的事告訴阿爾圖爾先生。

當然了，前提是重設結界後我還是能進入。

如果無法進入，我還是會把熊熊屋和熊熊傳送門設置在某個地方，所以有必要請身為長老兒子的阿爾圖爾先生配合我們的說法。

這麼一來，我就和掌權者的家人締結了契約，以後來拜訪精靈村落的時候，他們應該都會幫我圓謊。

順帶一提，我用熊熊傳送門帶阿爾圖爾先生去王都的時候，他也跟穆穆祿德先生等人一樣驚訝。

後來，神聖樹的結界重新設立完畢。

穆穆祿德先生、阿爾圖爾先生、露依敏等三人一起設下了結界。我沒有看到那個瞬間，露依敏回來時卻顯得很累，她似乎消耗了不少魔力。不過，結界已經順利設好了。

設下新的結界後，我還是能進入內部。

莎妮亞小姐、穆穆祿德先生、阿爾圖爾先生、露依敏都一臉不可思議地看著我。

「我還以為設下新的結界之後，優奈會變得無法進入，結果還是能進入呢。」

莎妮亞小姐走到通往神聖樹的洞窟前，觸碰自己已經無法穿越的透明牆壁。

「啊，那扇門是要放在熊熊的屋子裡吧？那樣的話，無法進入結界的我不就沒辦法回王都了嗎？」

「這就不必擔心了。」

我這麼說，拿出傳送門。

「雖然有點麻煩，但我會在結界外拿出熊熊傳送門，先讓莎妮亞小姐移動到王都，自己再進入結界裡移動。」

「我有一個疑問，如果我要移動到優奈在結界裡的家，會發生什麼事？」

會發生什麼事呢？

「妳問我，我也不知道啊。」

「爺爺。」

「我怎麼可能會知道？我從來沒有見過這種事。」

「那麼，我們來試試看吧。」

「呃，不會危險嗎？」

「結界只會阻擋他人，不會殺死人。」

我們決定試試看，所以我把熊熊屋設置在神聖樹的結界中，然後回到結界外的莎妮亞小姐面前。

「那麼，我把傳送門連接到結界裡的門。」

我把熊熊傳送門連接到結界裡的熊熊傳送門，然後走進門內。

莎妮亞小姐試圖跟著我走進來，卻被看不見的牆壁擋住了。

「我過不去。跟洞窟一樣，有一道看不見的牆壁呢。」

她用手觸摸看不見的牆壁。這也表示神聖樹的結界就是這麼牢靠。

這麼看來，帶菲娜過來的時候也要先到外面設置熊熊傳送門才行。

這也沒辦法。要是有陌生人任意出入結界內部，穆穆祿德先生等人也會覺得不太舒服吧。

打倒寄生樹後過了幾天，我和莎妮亞小姐啟程返回王都。

我在村落入口等待莎妮亞小姐的時候，有村民過來了。

「熊熊姊姊，下次還要再來喔。」

孩子們靠了過來。

有些孩子擺出了難過的表情，但我也沒辦法。

「我還會再來的。」

「真的嗎？」

我沒有說謊，確實有打算再來。

所以，我點頭答應孩子們。

我和孩子們道別的時候，拉比勒達來了。

「優奈，我不會忘了這份恩情。有什麼需要時，我會幫助妳的。」

「我還會來拜訪這個村落，到時候就拜託你了。」

我坦率地接受他的好意。

「嗯，如果是妳，我們隨時都歡迎。」

「謝謝你們。」

我和拉比勒達對話的時候，莎妮亞小姐來了。

「優奈，讓妳久等了。拉比勒達也來了呀。」

「是啊，我剛才在跟她道謝。」

「的確，這次我們真的要好好謝謝優奈。」

「不用放在心上啦，反正當初也是我主動說想拜訪精靈村落的。」

「即使如此，要不是有優奈在，我們可能就要拋棄這個村落了。優奈真的為我們的村落做了很多事。」

一旁的拉比勒達也點頭。

「我已經收到謝禮了，真的不用放在心上。」

被道謝這麼多次，我會覺得有點過意不去。

莎妮亞小姐開始向拉比勒達道別。

然後，對話朝著意料之外的方向發展。

「拉比勒達，我昨天也說過了，你真的不必等我。」

「妳不用在意。」

「我不知道會讓你等到什麼時候喔。」

「我會等十年，如果妳沒有來，我會去接妳。」

兩人之間的對話耐人尋味。

「莎妮亞小姐？」

「啊啊，其實拉比勒達是我的未婚夫。」

她輕描淡寫地說了一件很重要的事。

「未婚夫？」

「嗯，沒錯。」

我交互看著莎妮亞小姐和拉比勒達。

「莎妮亞小姐，妳都有未婚夫了，還在王都當公會會長沒關係嗎？」

「因為公會會長的工作很開心嘛。」

很開心？好吧，我也不是不能理解她的心情。

跟戀愛比起來，我也會選擇開心的事。

沒有交過男朋友的我也沒資格這麼說就是了。

「可是，這樣拉比勒達太可憐了。」

「就是因為我不知道自己什麼時候會回村裡，才會叫他不必等我的。」

「沒問題，我願意等十年。」

他沒有想過莎妮亞小姐可能會跟別的男人結婚嗎？

「如果我忘了，你要來接我喔。」

「嗯，我一定會去接妳。」

看來他們是一對讓人看不下去的熱戀情侶。

明明隔了十年才重逢，他卻已經又做好十年不見的覺悟了。

長壽的精靈就是這樣才讓人受不了。

我不理會這對笨蛋情侶，離開現場。

這時候穆穆祿德先生和露依敏來了。

「小姑娘，這次真的受妳照顧了，謝謝妳。」

「優奈小姐，非常謝謝妳。下次還要再來喔。」

穆穆祿德先生和露依敏向我道謝。

「嗯，我還會再來的。」

而且我也想要山菜和蘑菇。

和大家道別之後，我跟莎妮亞小姐一起來到神聖樹所在的岩山。

露依敏和穆穆祿德先生也陪我們一起來了。

我拿出熊熊傳送門，打開通往王都熊熊屋的門。

「姊姊，妳還要再回來喔。」

「嗯，下次我會早點回來的。只要拜託優奈，我就能輕鬆回來了。」

莎妮亞小姐看著我。

「我要收錢喔。」

「呵呵，花錢就能使用的話，那也很划算呢。」

和花時間走過漫長的路途相比，多少付點錢確實也很划算。而且莎妮亞小姐是王都的公會會長，應該不缺錢。

「優奈小姐，姊姊就拜託妳照顧了。」

「喂，我比優奈還要年長呢。」

莎妮亞小姐反駁露依敏的發言。

我可不打算跟精靈比年紀。

「因為優奈小姐比姊姊還要可靠嘛。」

「才沒有那回事呢，我可是冒險者公會的會長喔。」

莎妮亞小姐的頭往旁邊一甩。

初次見面的時候，她好像還有一點威嚴，現在卻已經看不出來她有威嚴了。

這也表示我在這趟旅程中見識了莎妮亞小姐的各種面貌吧？

我露出笑容看著這樣的莎妮亞小姐，然後轉頭望向露依敏。

「露依敏，新的神聖樹茶葉做好之後，妳要記得聯絡我喔，我會馬上過來的。」

「好的，我會記得聯絡的。優奈小姐，真的很謝謝妳。能在王都遇見優奈小姐，是我最幸運的事。」

「能聽到妳這麼說，我也很高興。」

「爺爺，我還會再回來的。」

「別讓拉比勒達等太久了。」

莎妮亞小姐笑著穿越熊熊傳送門。

我收起熊熊傳送門，然後走向神聖樹所在的洞窟。

我沒有被結界阻擋，順利通過，然後使用熊熊屋裡的熊熊傳送門，回到了王都。

256 熊熊回到克里莫尼亞

移動到位於王都的熊熊屋後，我和莎妮亞小姐一起走到屋外。

「我到現在還是不敢相信，我們直到剛才為止竟然都還待在村裡。」

莎妮亞小姐一臉不可思議地看著眼前的王都景色。

「請不要告訴別人喔。」

「我知道啦，我也不想笑到死嘛。而且妳救了我們的村落，我不會恩將仇報的。如果妳在王都有什麼困擾，儘管來冒險者公會找我吧。」

莎妮亞小姐是王都冒險者公會的會長，如果有什麼事，我會借助她的力量。畢竟權力總是能在有什麼萬一時派上用場。

「那麼，莎妮亞小姐，我也要回去了。如果有什麼事，請再聯絡我。」

「對了，優奈，這個給妳。」

我正要回去的時候，莎妮亞小姐叫住了我，給了我一個類似羽毛鑰匙圈的東西。

「這是？」

「這是用我的召喚鳥——佛爾格的羽毛做成的東西。」

說完，她召喚出召喚鳥。
一隻看似老鷹的鳥停在莎妮亞小姐的手臂上。
「原來偷看我換衣服的鳥叫做佛爾格啊。」
佛爾格，這個名字聽起來有點帥。
跟我的熊緩和熊急有得比。
「妳還在記仇嗎？那都要怪妳突然開始脫衣服嘛。」
我雖然知道，卻還是不能接受。
「所以這是什麼東西？」
我針對羽毛鑰匙圈發問。
鑰匙圈上掛著幾根褐色的羽毛。
「妳可以把這個東西帶在身上，或是掛在家裡的窗邊。佛爾格會以此為標記，飛到妳那裡。如果發生什麼事，我會派牠去聯絡妳的。」
雖然有點不同，但或許就類似信鴿吧？
話說回來，原來莎妮亞小姐的召喚鳥能辦到這種事啊。
也對，鴿子都能長途飛行了，召喚鳥辦得到也不奇怪。
「其實我也希望妳能送我像露依敏那樣的熊造型魔導具呢。」
「我已經沒有了。」

我這麼說謊。

總覺得把熊熊電話交給莎妮亞小姐就會接到工作上的聯絡，所以我不想給她。

「我了解，我也不覺得妳會有好幾個同樣的魔導具。」

對不起，我要做幾個都可以。只不過，它只能用來聯絡我而已。

「我可以把這個掛在房間裡嗎？」

「可以呀，佛爾格會飛向有自己羽毛的地方。」

這麼說來，大概不能放在熊熊箱裡吧。

雖然不清楚熊熊箱的機制，但召喚鳥不來的可能性比較高，還是乖乖掛在家裡的某個地方比較好吧。

「我會掛起來的，但我不接受工作上的聯絡喔。」

「那還真可惜。」

莎妮亞小姐看起來並沒有覺得多可惜。

也對，王都的冒險者很多，根本沒必要特地找我。

「可是，既然辦得到這種事，不是也能派牠飛去精靈村落嗎？」

據其他人所說，莎妮亞小姐過去長達十年都音訊全無。

既然有召喚鳥在，她明明可以寄封信回去的。

「當時我沒有讓牠飛行過那麼長的距離，也沒有想過要這麼做，而且我也不知道牠能不能飛

到村落。下次我打算寄信給拉比勒達，看看佛爾格能不能順利抵達村落。如果不行的話，我會拜託妳的，到時候就請妳多多幫忙了。」

「好吧，只是轉交信件的話，我可以幫忙。」

只要不是每天就沒問題。

以莎妮亞小姐來說，很有可能一年才寄一次。

已經沒有其他事情要做的我向莎妮亞小姐道別，使用熊熊傳送門回到克里莫尼亞。

我趁著自己還記得的時候，把莎妮亞小姐給我的羽毛鑰匙圈掛在自己房間的窗邊。

這樣就可以了吧？

算了，反正莎妮亞小姐應該不太會聯絡我。要是她一直用無聊的理由呼叫我，我會把信退還給她的。

掛好羽毛鑰匙圈的我走出熊熊屋。

嗯～好久沒有回到克里莫尼亞了。話雖如此，大概也只過了十天左右，但我卻覺得已經離開了很久。眼前的景色讓我湧起一股懷念感。

我有種終於回到家的感覺。

這座城市已經漸漸化為我的故鄉。

為了向堤露米娜小姐等人報告我已經回來的消息，我前往孤兒院。這個時段，堤露米娜小姐和菲娜應該都在孤兒院。

一抵達孤兒院前，我就看到幼年組的孩子們在外頭活潑地跑來跑去。他們該不會是在玩我先前教的鬼抓人遊戲吧？

我看著孩子們，他們就注意到我了。

「熊姊姊！」

「大姊姊～」

孩子們向我跑來。

每個孩子都笑容滿面。

「大家都過得好嗎？沒有給院長她們添麻煩吧？沒有吵架吧？」

「嗯，我們過得很好喔。」

「大家都有乖乖工作。」

「我們沒有吵架。」

孩子們很有精神地回答。

「大家都好乖喔。」

我撫摸每個孩子的頭。

如果沒有公平地撫摸每個人的頭，就會有孩子鬧彆扭。

「對了，堤露米娜小姐和菲娜在嗎？」

「嗯，她們現在在院長那裡。」

我對告訴我的孩子道謝，走向孤兒院。

蛋的工作已經告一段落了吧？

我打開孤兒院的門，走進裡頭。

我走到飯廳，發現堤露米娜小姐和院長正在喝茶聊天。

「優、優奈，妳回來啦？」

「優奈，歡迎回來。」

「妳們好，我剛剛才回來的。」

我在兩人附近的椅子上坐下。

「對了，最近有發生什麼事嗎？」

「發生什麼事……有！優奈不在，我們可辛苦了！」

堤露米娜小姐似乎突然想起了什麼，站起來大叫。

怎麼了啦！

「身為領主夫人的艾蕾羅拉大人和一位叫做賽雷夫先生的王宮料理長來拜訪，當時真的很辛苦呢。」

這麼說來，我確實從菲娜口中聽說過這件事。

因為在那之後發生了很多事，我都忘得一乾二淨了。

據提露米娜小姐所說，她好像突然被米蕾奴小姐叫到了商業公會。她到了商業公會，就透過介紹認識了一名女性和一名男性，這兩個人就是艾蕾羅拉小姐和賽雷夫先生。

一聽說艾蕾羅拉小姐是伯爵夫人，賽雷夫先生是王宮料理長，她便嚇得啞口無言。

可是，這件事不是我的錯吧？我應該沒理由挨罵吧？

這一切都要怪沒有預約就來訪的艾蕾羅拉小姐。

不過，我去城堡的時候也沒有預約，所以也沒什麼資格說人家。

「一想到要是沒有菲娜在，我就覺得胃痛。」

「菲娜？」

「嗯，是菲娜負責招呼他們的。要是沒有她在，我也不知道自己能不能好好應對。」

「不過艾蕾羅拉小姐既然要來，就應該事先通知一聲的。」

算了，因為我很想去精靈村落，就算她有聯絡，我也不一定會待在克里莫尼亞。

不過或許有別的方法能處理，例如請對方改時間？

「從艾蕾羅拉大人的樣子看來，好像是為了嚇妳一跳才突然來訪的。」

菲娜也說過類似的話。

因此，艾蕾羅拉小姐他們聽說我不在的消息時，好像覺得很遺憾。

他們真的很想嚇我一跳呢。

「所以他們是來做什麼的？」

雖然我已經聽菲娜說過，還是這麼確認。

「他們說要在王都開妳的店，所以來視察妳在這裡的店，作為參考。」

「那不算是我的店啦。雖然的確會賣布丁和料理，但是由城堡負責經營，跟我沒有關係。」

「是嗎？」

「我只是提供料理的食譜而已。」

我沒有出資，在那家店工作的人也都跟我沒有關係，所以那不算是我的店。

堤露米娜小姐後來似乎帶艾蕾羅拉小姐和賽雷夫先生去「熊熊的休憩小店」參觀了。

「我帶他們兩位去店裡參觀，當時情況一片混亂，非常累人呢。」

聽說他們看著店門口的熊熊石像吵吵鬧鬧，一進到店裡就任意走動，還自顧自地四處觀察桌子上的熊熊擺飾。

艾蕾羅拉小姐在店裡任意走動的模樣彷彿浮現在我的眼前。

「可是，連賽雷夫先生也一樣嗎？」

「賽雷夫先生主要是在看客人吃的料理。」

啊啊，原來如此，看料理啊。

不過，他們兩個人也真是的，應該沒做出打擾其他客人的行為吧？

「那麼情況還好嗎？」

「嗯，菲娜幫忙勸告了他們。」

菲娜嗎？

「菲娜向到處走動的艾蕾羅拉大人搭話，請她坐到位子上。話說回來，艾蕾羅拉大人和菲娜竟然能那麼自然地對話，我很驚訝呢。」

因為我常常帶菲娜去有貴族或王室成員在的地方嘛。

而且，我聽說她最近會和諾雅一起出門，也見過艾蕾羅拉小姐幾次。上次她還參加了米莎的生日派對，可能已經漸漸對貴族免疫了吧。

以前面對貴族就緊張得不得了的菲娜也成長了呢。

雖然她的成長很令人高興，身為大姊姊的我卻有點寂寞呢。

後來，兩人盡情享用了店裡的料理，隔天又說想要參觀孤兒院，於是堤露米娜小姐繼續幫他們帶路。在孤兒院，他們參觀了孩子們照顧鳥兒的樣子。

參觀完孤兒院的艾蕾羅拉小姐和賽雷夫先生接著好像也去了安絲的店「熊熊食堂」。

而到了第三天，「熊熊的休憩小店」一開門，他們就準時報到，吃完料理後又買了大量的麵包才離開。

聽說他們那天就要返回王都，所以很趕時間。

「那幾天就像暴風雨來襲一樣。我知道他們兩位都不是壞人，可是我真的很累。」

堤露米娜小姐想起當時的事，嘆了一口氣。

「要不是有菲娜在，我真不知道該怎麼辦。那孩子也在不知不覺中長大了呢。難怪人家都說

即使父母不在，孩子也會自己長大。」

「確實是會長大，但她能變成這麼好的孩子，都是多虧有堤露米娜小姐。」

「因為我的關係，她從小就不得不當個懂事的孩子。如果她能再撒嬌一點，我其實比較高興呢。」

菲娜的確是個認真的孩子。

我和堤露米娜小姐聊著菲娜的事，她就走進了飯廳。

257 熊熊的繪本被菲娜發現了

菲娜鼓著臉頰，站在門前。

發生什麼事了嗎？

菲娜的身後還有修莉在。不管怎麼樣，我決定先向她們報告我回來的消息。

「菲娜、修莉，我回來了。」

「優奈姊姊，歡迎回來……不對，優奈姊姊！這到底是什麼！」

菲娜鼓起的臉一瞬間露出笑容，然後又馬上鼓了起來。

她身後的修莉很正常地說著「優奈姊姊，歡迎回來」，卻被菲娜生氣的聲音蓋過了。

菲娜走過來，把一本繪本放在我的面前。

那是我為芙蘿拉公主畫的，後來複印給孤兒院孩子當禮物的繪本。

「這個怎麼了嗎？」

「還問怎麼了嗎！這個小女孩是我吧？」

她用手指指著繪本上的Q版小女孩。

小女孩坐在熊熊的背上。

繪本的小女孩是以菲娜為藍本，熊熊是以我為藍本。

可是，現在才提到這件事好像有點晚。

菲娜竟然一直都不知道繪本的事，這一點讓我最驚訝。

「孩子們請我唸繪本給他們聽，我一讀才發現……書上有個跟我很像的小女孩……」

菲娜似乎有點生氣。

可是，她明明不知道繪本的存在，怎麼會發現是我畫的？

我這麼問道。

「因為繪本的內容是我和優奈姊姊之間發生的事。」

我想也是～

繪本第一集的內容是從熊熊和菲娜相遇，到菲娜替生病的母親找到藥草，把藥草拿去給母親的故事。

我把初次遇見菲娜時發生的事改編了一下，畫成繪本的風格。

在第二集，小女孩的母親病情惡化。小女孩對熊熊說有一種彩虹色的花，它的露水可以治百病。聽說這件事的熊熊替小女孩去找了彩虹花的露水，治好了她母親的病。

小女孩就是菲娜，生病的母親是堤露米娜小姐，熊熊則是我。

這段故事是改編自我幫菲娜治好堤露米娜小姐的病時發生的事。

因為我不能畫出魔法的事，所以改為描繪能治病的花，但如果是知道內情的人來看，應該會發現這是菲娜和我的故事。

身為當事者的菲娜當然就更不用說了。

可是，我有個密技可以證明繪本和菲娜沒有關係。

「菲娜，這個故事和實際存在的人物一點關係也沒有。妳看，這裡不是有寫嗎？」

我用熊熊玩偶手套指著繪本最後一頁的一部分文字。

『本作品純屬虛構，與實際存在之人物、團體、事件完全無關。』

上面明確地這麼寫著。

所以我試著狡辯，宣稱繪本裡的小女孩和菲娜沒有關係。

「可是，這個緞帶和我的一模一樣。」

嗯，畢竟是以菲娜為藍本嘛。

「而且故事內容也是我遇到的事。」

嗯，畢竟是描述我和菲娜發生的事嘛。

「不管怎麼看這都是我！」

她斷然說道。

在原本的世界有用的標準聲明對菲娜似乎起不了作用。

好吧，繪本確實是以菲娜為原型，我也無法再狡辯了。

「為什麼優奈姊姊要畫這種繪本！」

「我是要畫給芙蘿拉公主看的。」

「芙蘿拉公主嗎？」

我一提到芙蘿拉公主的名字，菲娜的口氣就緩和下來了。

「可是，為什麼替芙蘿拉公主畫的繪本會放在孤兒院呢？」

我開始說明繪本出現在這裡的來龍去脈。

我說起我替芙蘿拉公主畫繪本的契機，還有芙蘿拉公主持有的繪本在城堡裡引發話題的事，以及愈來愈多人想要，於是決定印製複製品的事。

「因為是國王陛下和艾蕾羅拉小姐的請求，我沒辦法拒絕。」

我把責任轉嫁給國王和艾蕾羅拉小姐。

畢竟畫繪本的人雖然是我，複製並發放給眾人（限定城堡內）的罪魁禍首卻是國王和艾蕾羅拉小姐。

一聽到國王和艾蕾羅拉小姐的名號，就連菲娜也不禁閉上嘴巴。

我是個壞心的姊姊，對不起。

「當時我請人家多印了幾本，送給了孤兒院的孩子們。」

「這麼說來，有很多人都有一樣的繪本嗎？」

菲娜一臉不安地問道。

說是很多，也只有城堡的相關人士有，所以應該沒有那麼多。

「只有城堡裡的一些人有啦。」

現在可能還在增加，但應該只會發給有小孩子的家庭。

所以，人數比菲娜想像中的少。

不過，菲娜的反應卻不同。

「嗚嗚，我再也不敢去城堡了。」

她垂頭喪氣。

吐槽「妳原本有打算要去嗎？」就輸了嗎？

如果是以前的菲娜，應該會說「我這種平民不會去城堡，所以沒關係」，但現在的菲娜似乎覺得自己以後也會去城堡。

也對，如果她跟我一起去王都，的確很有可能會去拜訪城堡。

「別擔心啦，不會有人發現這是菲娜的。」

持有的人不多，畫風是Q版，內容也只有自己人才看得出來那是菲娜的故事。

「可是，孩子們都說『小女孩跟菲娜姊姊長得好像喔』。」

這個嘛，被熟識的孤兒院孩子發現也沒辦法。

「菲娜，優奈把妳畫得這麼可愛，妳就原諒人家嘛。」

聽到我們的對話，堤露米娜小姐看著繪本幫我說話了。

「媽媽？」

「話說回來，這本繪本真可愛。」

堤露米娜小姐翻閱繪本。

「既然這個小女孩是菲娜，她的母親就是我嘍？」

翻閱繪本的手停了下來。

我探頭一看，她翻到了有小女孩和母親露出微笑的畫的最後一頁。

這一幕是母親服下了小女孩帶來的藥，神情開心的樣子。

「優奈把我畫得好可愛喔，菲娜也被畫得很可愛呢。」

「是很可愛，但媽媽不覺得害羞嗎？」

「我也不想被畫成奇怪的樣子，但既然畫得這麼可愛，那不就好了嗎？」

「可是……我們被畫成繪本了耶。」

「的確有點令人害羞，但我不至於會生氣。」

聽到堤露米娜小姐這麼說，菲娜的怒氣漸漸平息。

「可是，小女孩明明跟我很像，為什麼優奈姊姊的角色卻是真正的熊？既然要畫我，優奈姊姊不畫自己也太奸詐了。」

我的角色是一隻Q版的熊。

我不敢說我不想畫出自己的樣子，所以我開始找藉口。

「那是因為芙蘿拉公主對熊熊很有興趣啊，菲娜不是也記得芙蘿拉公主很喜歡熊熊的事嗎？」

「……是。」

「所以，我才會把自己畫成熊熊的樣子。」

聽到我再次提起芙蘿拉公主的名字，菲娜好像可以理解，閉上了嘴巴。

「嗚嗚，我知道了。可是下次要畫的時候，請跟我說一聲。」

「我可以再畫嗎？」

「我是不想被畫，可是孩子們都很喜歡。但是，請不要再讓更多人知道了。」

「好，我不會讓更多人知道。如果國王陛下和艾蕾羅拉小姐再繼續散播，就算要用魔法，我也會阻止他們。」

因為最有可能散播的就是國王和艾蕾羅拉小姐。

「嗚嗚，優奈姊姊，請適當地阻止他們就好。」

菲娜表示妥協，改口這麼說。

「開玩笑的啦，我會好好跟他們說的。」

我這麼一說，菲娜便坦然接受。

既然已經取得菲娜的許可，我就可以畫第三集了。

我還以為關於繪本的事情就到此告一段落了，卻有意料之外的攻擊向我襲來。

「姊姊和媽媽都好賊喔。」

直到剛才都一直保持沉默的修莉開口了。

「優奈姊姊，為什麼沒有我？我也想要優奈姊姊畫我。」

突然被修莉說很賊，菲娜非常困惑。

我也沒有想到沒把修莉畫到繪本裡的事竟然會惹她生氣。

正確來說，她是對只有自己沒出場的事情鬧彆扭，而不是真的生氣。

「妳希望我畫妳嗎？」

修莉微微點頭。

姊姊菲娜和母親堤露米娜小姐都有出場，家人裡面卻只有自己不在，或許真的讓人不太高興。她可能會有被排擠的感覺，況且修莉還小，容易感到寂寞也無可厚非。

「修莉，對不起，我不是故意要排擠妳的。因為是畫我和菲娜相遇的故事，所以才會變成這樣。不過要畫下一集的時候，我一定會把妳畫進去的。」

「真的嗎！」

聽到我說的話，修莉很高興。

「嗯，我一定會畫的。」

我這麼保證，修莉便露出開心的表情。

我曾經想過，如果要畫第三集，劇情大概是熊熊陪菲娜和諾雅去王都的故事，但如果要畫修莉，那就要修改一下大綱了。

或許可以描繪熊熊和姊妹一起玩的故事。

這是其中一個方案，也可以讓根茲先生也登場，舉辦結婚典禮。可是這樣好像沒有熊熊的戲份。

嗯～那麼乾脆帶著修莉，三個人一起去王都？可是，繪本裡的熊熊載得動三個人嗎？還是要增加熊熊？

我需要稍微思考一下。

繪本的話題結束，菲娜也跟我聊了一些艾蕾羅拉小姐和賽雷夫先生的事。

258 熊熊畫繪本

我從精靈村落回到克里莫尼亞的這幾天都過著寧靜的日子，只有露依敏有用熊熊電話聯絡過我一次。

她會聯絡我，只是因為擔心電話是否真的能接通。

『幸好真的能聯絡到優奈小姐。』

一聽到我的聲音，露依敏放心的語調便從熊熊電話裡傳來。

我問了關於村落的狀況，她說自從那之後，沒有任何一隻魔物闖進結界內。聽說就連結界之外也沒有魔物了，果然是因為神聖樹被寄生樹寄生，才會吸引魔物過來。

『優奈小姐，我們隨時都歡迎妳喔。』

「嗯，我也想要蘑菇和山菜，還會再去的。」

『好的，我等妳。』

她告訴我村落的近況，等到神聖樹的茶葉做好了，她還會再聯絡我。我當然有告訴她，若有除此之外的狀況也可以聯絡我。

我今天的行程是和菲娜與修莉一起畫新的繪本。雖說是一起畫，其實是要請她們監修。

我要請菲娜監修繪本的內容，請修莉監修小女孩的妹妹畫得如何。

我一邊享用茶和洋芋片一邊等待，菲娜和修莉就來到我家了。

「真的要畫嗎？」

一來到我家，菲娜馬上就這麼說道。

「芙蘿拉公主一直在等，而且我也已經答應修莉了。」

「優奈姊姊，妳也會畫我嗎？」

「會啊。」

菲娜一臉不甘願，修莉卻非常開心。

我跟菲娜討論繪本的內容，並請修莉監修妹妹這個角色的造型。如果我畫好之後她才哭著說自己的角色「不可愛」，那我就傷腦筋了。

「關於繪本的內容，我想畫妳們三個人到隔壁城市的故事，妳覺得呢？」

「三個人嗎？」

「就是妳、修莉和堤露米娜小姐這三個人。」

「可是我沒有跟媽媽一起去過隔壁城市呀。」

「不用畫真實發生的事也沒關係，因為畫繪本就是要發揮想像力嘛。」

259 繪本 熊熊與少女 第三集

小女孩的媽媽已經康復了，變得很有精神。

而且，小女孩有一個很活潑的妹妹。

小女孩向妹妹提起熊熊的事。

於是妹妹說她也想見到熊熊。

為了把妹妹介紹給熊熊認識，小女孩前往森林。

小女孩站在森林的入口呼喚熊熊，牠就從森林裡走了出來。

小女孩把妹妹介紹給熊熊認識。

熊熊慢慢靠近妹妹。

妹妹雖然嚇了一跳，但她溫柔地觸碰熊熊。

熊熊的毛很柔軟，摸起來非常舒服。

妹妹說她想要坐到熊熊背上。

熊熊坐了下來，讓妹妹和小女孩爬上自己的背。

熊熊在森林和草原上奔跑，帶著姊妹倆去她們從來沒有去過的地方。

可是，快樂的日子沒有持續多久。

熊熊帶來的彩虹花露水治好了媽媽的病。

康復的媽媽透過朋友的介紹，決定到隔壁城市工作。

所以小女孩一家人要搬家到隔壁城市。

小女孩哭著向熊熊道別。

熊熊溫柔地撫摸小女孩的頭。

不能再見到熊熊，小女孩哭得好難過。

「熊熊，謝謝你。熊熊，對不起。」

熊熊一直陪著小女孩，直到她停止哭泣。

幾天後，小女孩一家人搭上馬車，前往隔壁城市。

熊熊站在遠方。

熊熊遠遠地目送小女孩。

馬車一出發，小女孩就要和熊熊分開了。

馬車不斷前進，熊熊的身影終於消失。

小女孩忍著眼淚。

「熊熊，再見了。」

馬車前進，漸漸遠離熊熊所住的森林。
可是，小女孩不能回頭。
媽媽和妹妹抱住小女孩。
「對不起。」
媽媽道歉。
熊熊對小女孩來說很重要，但媽媽和妹妹也很重要。
小女孩握緊媽媽和妹妹的手。
媽媽溫柔地笑著說「還能再見面的」。
小女孩發誓等自己長大之後，一定要回來見熊熊。

馬車慢慢前進。
除了小女孩一家人，馬車裡還有其他幾個人。
和熊熊分開，小女孩正難過的時候，馬車突然停了下來。
「怎麼了？」
馬車裡的人開始吵鬧。
「是魔物！」
有人這麼大叫。

「媽媽！」

小女孩的媽媽抱緊兩個女兒。

馬車外面一片混亂。

馬車動也不動。

「馬被攻擊了！」

有聲音從前面傳來。

搭乘馬車的其中一個人跑到了馬車外。

「有好多魔物來了，大家快逃！」

外面的人這麼大叫。

剩下的人也逃出馬車。

小女孩一家人也想逃走，卻被想要先逃走的人推倒了。

馬車裡只剩下小女孩一家人。

「媽媽……」

「沒事的。」

媽媽用顫抖的手把兩個女兒抱過來。

魔物的聲音從外面傳了進來。

小女孩一家人沒辦法逃走。

馬車搖搖晃晃。

魔物怒吼的聲音讓她們好害怕。

小女孩一家人不停地顫抖。

當她們以為已經窮途末路的時候，魔物的聲音消失了。

可是，小女孩一家人怕得不敢到外面看看。

她們在馬車裡發抖的時候，說著「沒事吧？」的熟悉聲音從外面傳進來了。

小女孩聽過這個聲音。她還以為自己再也聽不到這個聲音了。

小女孩掙脫媽媽的手，跑到外面。

「熊熊！」

小女孩一來到馬車外就看見了熊熊。

「熊熊！熊熊！」

小女孩哭著抱住熊熊。

媽媽和妹妹也從馬車裡走出來了。

「沒事了，熊熊救了我們。」

馬車外有魔物倒在地上。

其他的人都不見了。小女孩不知道他們怎麼樣了。

馬已經消失，馬車也壞掉了。

接下來的路只能用走的。

這個時候，熊熊大叫「咿～」的一聲。

於是，一隻黑熊和一隻白熊從遠處跑了過來。

媽媽和妹妹很驚訝，小女孩卻不驚訝。

因為她知道是熊熊叫牠們來的。

「上來吧。」

熊熊、黑熊和白熊坐下來，背對小女孩一家人。

看來熊熊們是想載著一家人到隔壁城市。

「媽媽，熊熊想載我們去隔壁城市。」

小女孩對媽媽這麼說，媽媽一開始不敢相信，看到小女孩坐到熊熊背上才相信。

於是小女孩一家人騎著熊熊前往隔壁城市。

來到隔壁城市附近時，熊熊把小女孩一家人放了下來。

「熊熊，謝謝你們。」

小女孩道謝。可是，妹妹不願意離開白熊。

她好像很捨不得，小女孩當然也不想跟熊熊分開。

「因為熊熊很大，所以不能進城喔。」

媽媽這麼勸告妹妹，她卻還是抱著白熊搖搖頭。

「如果熊熊很小就好了。」
「沒問題。」
熊熊這麼說，然後漸漸變小。
妹妹抱著的白熊和媽媽身邊的黑熊也都變小了。
牠們不斷變小，最後變成小女孩抱得起來的大小。
這樣一來，一家人就可以抱著熊熊進城了。
雖然大門的守衛很驚訝，一家人還是跟熊熊一起進入了城市。
小女孩又可以繼續和熊熊在一起了。

260 熊熊畫完繪本

我準備了紙和畫具。菲娜和修莉坐在我的左右兩邊，等我開始畫畫。

首先，我讓小女孩的妹妹登場。

我用Ｑ版的畫風畫出妹妹這個角色。

這個角色就是修莉。

「哇～好可愛喔。這是我嗎？」

「對啊，因為是小女孩的妹妹嘛。」

自己被畫出來，修莉非常高興。

然後，我畫出扮演修莉的妹妹和小女孩跟熊熊一起玩耍的模樣。

可是，快樂的情節沒有持續下去。

小女孩一家人要搬家到隔壁城市了。

「她們要搬家到隔壁城市嗎？」

小女孩的媽媽透過朋友的介紹，要到隔壁城市工作。

「嗯，因為這座城市沒有人會幫助小女孩一家人。」

繪本中沒有出現類似根茲先生的角色，讓他突然出現會有點奇怪，所以我把會幫助一家人的角色安排在隔壁城市。

「因為小女孩沒有人可以依靠，所以才會一個人努力。」

我看著菲娜。

「可是根茲叔叔……爸爸有幫助我。」

「是啊。」

「這麼說來，這裡說的朋友是指爸爸嗎？」

「我還沒有決定。」

如果要畫續集，我就要好好思考了。

目前還是未定。朋友的角色可能是根茲先生，也有可能是別人。

我繼續畫繪本。現在正好畫到熊熊與小女孩道別的一幕。

「小女孩要跟熊熊分開了嗎？」

「小女孩好可憐。」

修莉和菲娜難過地分別說道。

「別擔心，熊熊等一下還會再出場的。」

說謊也沒有意義，所以我透露了後續的劇情。

我描繪熊熊和小女孩道別的橋段，接著畫小女孩一家人搭馬車前往隔壁城市的模樣。

「我還以為熊熊會登場，載著一家人出發呢。」

情節似乎和菲娜的想像不同。

我不能讓熊熊在這個時候登場。

「因為才剛道別嘛，而且媽媽也不會想到要騎著熊熊移動的。」

一家人搭上馬車，小女孩露出悲傷的表情。

熊熊待在遠方目送小女孩一家人搭乘的馬車。

「好悲傷的故事，熊熊和小女孩太可憐了。」

「別擔心，他們最後會獲得幸福的。」

比起悲劇，我也比較喜歡快樂結局。

我開始描繪馬車被魔物襲擊的場景。

這是以米莎的馬車遭到襲擊的事件為參考。

大家紛紛逃出馬車，只有小女孩一家人被留下來。

馬車搖晃，魔物怒吼。

這時候熊熊帥氣地及時趕到。

這是我去救米莎時發生的事，只是情節稍有不同。

熊熊打敗了魔物，救出小女孩一家人。

「真是太好了。」

「熊熊好強喔。」

不過，壞掉的馬車已經無法移動，熊熊也不能獨自載三個人。

這時候，熊熊發出叫聲，呼喚同伴。

出現的角色是Q版的黑熊和白熊。

「這是熊緩和熊急吧。」

「好可愛。」

Q版新熊熊登場，姊妹倆都很高興。

「修莉，妳有特別想要騎哪一隻嗎？」

「熊急！」

修莉毫不猶豫地回答。

「為什麼是熊急？」

「因為牠很白，很乾淨。」

熊急的白色毛皮確實很乾淨。

可是這也不代表黑色的熊緩很髒喔。

「那麼，我就讓妹妹騎白熊吧。」

我讓菲娜扮演的小女孩騎著我扮演的熊，讓堤露米娜小姐扮演的媽媽騎著熊緩扮演的黑熊。

於是，騎著熊熊的三人往隔壁城市出發了。

「不用管逃走的人嗎？」

「他們丟下女人和小孩逃走了，不用管他們。」

我並沒有畫出屍體，這部分就交給讀者自行想像吧。

繪本是為了要培養孩子的想像力才會存在。

逃走的人是被魔物攻擊還是成功得救，就留給讀者或父母自行想像。

向孩子說明他們辛辛苦苦逃到城市，或是被魔物殺死，是父母的重要職責。

根據父母的決定，孩子的想法會隨之改變——我對菲娜和修莉說出這個乍聽之下很有道理的藉口。

其實我只是不想在繪本裡畫屍體而已。

「妳們兩個怎麼想？」

「我希望他們能得救。」

「我不知道。」

修莉懵懵懂懂，但菲娜很善良。

「優奈姊姊是怎麼想的呢？」

「有點難回答呢，要看乘客是什麼樣的人吧。如果是很強的人，我希望他們勇於戰鬥，如果是沒有能力戰鬥的人，當然只能逃走，我也希望他們活下來。可是，我覺得推倒小女孩的人不能

獲得幸福。」

「嗚嗚，優奈姊姊好可怕。」

「這只是我個人的想法啦。而且，我的想法不一定是對的。可以的話，我希望菲娜和修莉能保持善良的心。」

因為我不希望她們的心變得和我一樣骯髒。

順帶一提，繪本裡之所以沒有屍體或傷患，是因為我這個繪本作家的個人想法所至。現場有其他人物的話，就會妨礙熊熊登場，但我說不出口。畢竟事實和場面話是兩回事。

然後，騎著熊熊的小女孩一家人朝隔壁城市前進。

騎著熊熊的小女孩一家人平安抵達了隔壁城市。

到了城市就得和熊熊道別了，因為熊熊不能進入城市。

小女孩一家人正要和熊熊道別的時候，妹妹就是不願意和牠們分開。

小女孩當然也不想和熊熊分別。

「要在這裡分開了嗎？」

「和熊熊分開，太可憐了。」

「沒事的。」

我把熊熊畫成小熊的樣子。

接著，我畫出小女孩高興地抱住小熊的模樣。她的表情很開心。

「嗚嗚，感覺好害羞喔。這就代表我抱住了優奈姊姊吧？」

「這又不是真實事件，妳不要把牠當成我，當成熊緩或熊急就行了。」

於是，小女孩一家人抱著變小的熊熊進入了城市。

然後我寫下「小女孩又可以繼續和熊熊在一起了」的句子，完成了熊熊與少女的繪本第三集。

「優奈姊姊好厲害。」

「對呀，優奈姊姊好會畫畫。雖然一開始的故事很悲傷，最後還是能和熊熊在一起，真是太好了。」

這是要給孩子們看的書，最後一定要是快樂結局。

在我原本的世界也有悲傷的繪本，但我還是希望努力的孩子能夠獲得幸福。

「可是，這樣不會惹諾雅大人生氣嗎？」

「諾雅？」

為什麼會在這個時候提到諾雅的名字？

「這個故事不是用我們去王都時發生的事來改編的嗎？」

「是啊，雖然改了很多地方。」

例如米莎在馬車裡被襲擊的事，還有我救了她的事。

「要是諾雅大人看到這本書，知道自己沒有出場……」

原來如此，是這個意思啊。

「不用擔心啦。菲娜，妳不是也覺得很害羞，不想出場嗎？」

「是的，可是……」

「諾雅也會害羞的，沒關係。而且，她應該不知道這本繪本是以菲娜和我們的故事為基礎，重點是諾雅根本不會看到繪本。」

諾雅到現在都還不知道繪本的存在，所以我想她應該不會知道。

在王都也只有少部分的人持有，在克里莫尼亞則只有孤兒院有。

諾雅不會看到繪本的。

「希望她真的不會看到。」

「菲娜太會瞎操心了啦。」

我笑著這麼說，消除菲娜的不安。

熊熊勇闖異世界 10

新發表章節

艾蕾羅拉大人和賽雷夫叔叔來訪　其一

自從優奈姊姊出門以後，已經過了兩天。

聽說優奈姊姊這次要跟莎妮亞小姐一起回去她的故鄉——精靈村落。不知道精靈村落是什麼樣的地方，真希望我總有一天也能去看看。

我現在一邊照顧咕咕鳥，一邊數著蛋的數量。

咕咕鳥今天也生了很多蛋，太好了。

我們每天都會把蛋批給商業公會，卡薩多爾先生會從商業公會過來收蛋，我們不需要特地拿去賣，非常輕鬆。媽媽曾經說過，交易的金額非常高，這些錢會用來當作孤兒院孩子的生活費，還有媽媽的薪水。

我和修莉是媽媽的幫手，所以幫忙孤兒院或店裡的工作時是沒有領薪水的。可是相對的，肢解魔物的工作有薪水，雖然我會拒絕，優奈姊姊還是會給我。

今天的卡薩多爾先生有點不太對勁。

平常他總是笑咪咪地詢問蛋的狀況，今天卻慌慌張張地跑來找媽媽，然後請她馬上前往商業公會。

媽媽偶爾會去商業公會跟米蕾奴小姐談工作的事情，但今天好像不是要那樣。

「另外，也請菲娜過來一趟。」

卡薩多爾先生看著我這麼說。

「我也要去嗎？」

「是的，麻煩妳了。」

「那個，請問是為什麼呢？」

我有跟媽媽一起去過，這卻是第一次有人叫我去。

「會長交代我請提露米娜小姐和菲娜一起過來。把蛋都準備好之後，請兩位搭上馬車。」

雖然不太清楚原因，但我也要一起去商業公會了。既然叫我也過去，會是和優奈姊姊有關的事嗎？米蕾奴小姐找我的理由，我只能想到這一個。

「雖然不知道原因，還是快點把蛋準備好然後出發吧。菲娜，來幫我一下。」

我趕緊準備要交給商業公會的蛋。

媽媽一邊照顧孤兒院的孩子，一邊把自己要去商業公會的事告訴負責管理鳥兒的莉滋小姐。

「我應該很快就會回來，如果我回來晚了，修莉就麻煩妳照顧了喔。」

修莉正在孤兒院和年幼的孩子一起玩耍或是念書。

來自密利拉鎮的妮芙小姐會幫他們看文字和數學的功課。

「如果妳到中午還沒回來，我會讓修莉跟大家一起吃飯的。」

媽媽和我不在的時候，修莉通常都是在孤兒院吃飯。

「另外，店裡需要的蛋就拜託妳了。」

「好的。接下來的工作就交給我，妳放心出門吧。」

我們把接下來的工作交給莉滋小姐，帶著蛋搭上馬車，前往商業公會。

卡薩多爾先生說他要去送蛋，所以我們在商業公會前道別。

我和媽媽走進商業公會，和米蕾奴小姐見面。

「打擾了。」

媽媽打了聲招呼，走進米蕾奴小姐所在的辦公室。我跟在媽媽的後面。

走進辦公室的瞬間，我的腳步停了下來。

因為裡面有我意想不到的人。

「菲娜，好久不見。好像也沒有很久呢，我們在米莎的生日派對才見過。」

「菲娜閣下，派對以來初次見面。」

辦公室裡除了米蕾奴小姐，還有艾蕾羅拉大人和賽雷夫叔叔。

為什麼艾蕾羅拉大人和賽雷夫叔叔會在這裡呢？

「菲娜，妳認識他們嗎？」

媽媽這麼問我。

對了，媽媽不認識他們。

「那個，這位是諾雅大人的媽媽——艾蕾羅拉大人，還有在城堡做料理的賽雷夫叔叔。」

我稱賽雷夫先生為賽雷夫叔叔。我一開始是叫他賽雷夫大人，他卻說「我不希望優奈閣下的朋友如此尊稱我，請用普通的方式稱呼我吧」。

我不知道自己該不該這麼稱呼城堡裡最了不起的廚師，但既然賽雷夫叔叔說沒關係，我也就這麼稱呼他了。

「咦？這麼說來，這位是克里夫大人的夫人？還有王宮的廚師？」

「我是艾蕾羅拉．佛許羅賽。菲娜經常和我女兒諾雅一起玩，我非常謝謝她。」

「我是在城堡擔任料理長的賽雷夫，曾經和優奈閣下一起見過令嬡幾次。」

艾蕾羅拉大人和賽雷夫叔叔這麼自我介紹。看到他們這麼說，媽媽也慌慌張張地自我介紹。

「我是菲娜的母親，名叫堤露米娜。我女兒承蒙兩位照顧了，我們非常感謝諾雅兒大人總是來店裡光顧。」

媽媽非常疑惑地交互看著米蕾奴小姐和我。就算媽媽用這種表情看我，我也不知道他們兩位為什麼會出現在這裡，也不知道我和媽媽被找來的理由。

「那麼，請問這次找我來是為什麼呢？難道是我家女兒闖了什麼禍嗎？」

媽媽一臉不安地看著我。

我不記得自己有做了什麼。

「妳不用這麼緊張，菲娜並沒有闖什麼禍，我今天只是要和這位賽雷夫一起來看看優奈的店而已。我跟我丈夫提到這件事，他說如果要這麼做的話，先跟米蕾奴說一聲會比較好。」

艾蕾羅拉大人和賽雷夫叔叔開始說明。聽說他們要在王都開一家店，推出優奈姊姊的布丁和蛋糕等料理，所以他們才會來克里莫尼亞參觀優奈姊姊的店。

「然後米蕾奴告訴我，店家是由菲娜的媽媽——堤露米娜小姐管理。我女兒也常常光顧，所以我想跟妳打聲招呼。」

這好像就是我們被找來的理由。

「對了，我們可以跟優奈見個面嗎？」

看來艾蕾羅拉大人和賽雷夫叔叔並不知道優奈姊姊不在的事。

「優奈姊姊現在不在城裡。」

「是嗎！」

「對不起。」

「菲娜不必道歉啦，畢竟我們來之前也沒有聯絡一聲。那麼，優奈她很快就會回來嗎？」

我搖搖頭。

「她說自己要去很遠的地方，我也不知道她什麼時候會回來。」

我不知道精靈村落在哪裡，但優奈姊姊說很遠。

「我本來還想嚇她一跳的……」

艾蕾羅拉大人一臉遺憾。

我倒是被她嚇了好大一跳。

「雖然可惜，但也沒辦法了。那麼如果方便，能請堤露米娜小姐和菲娜幫我們帶路嗎？」

「我們嗎？」

「嗯，如果方便的話。」

我瞄了媽媽一眼。

媽媽好像很緊張，露出困擾的表情。

「我也要拜託兩位。」

賽雷夫叔叔也拜託我們。

媽媽擺出非常困擾的表情，看著商業公會的會長——米蕾奴小姐，好像是在向她求助。

可是，米蕾奴小姐輕輕搖頭。

她的表情好像是在請媽媽認命。

艾蕾羅拉大人就是這樣的人。雖然她是個好人，有時候卻很強勢。就是因為這樣，我才會被她當成換裝娃娃。我想起了當時發生的事。

媽媽看了辦公室裡每個人的臉，然後回答「我們很樂意」。

我們沒辦法拒絕艾蕾羅拉大人這位貴族的請求。

「真的嗎？謝謝妳們。」

「謝謝兩位。」

他們兩個人向我們道謝。

「對了，我想拜託妳們，不要把我是這座城市的領主的妻子這件事說出去。我不想妨礙店家做生意，想看看平常營業的樣子。所以，就當我和賽雷夫是堤露米娜小姐的朋友吧。」

艾蕾羅拉大人對媽媽微笑。

賽雷夫叔叔也低頭說「麻煩兩位了」。

「那麼，我們馬上出發吧。」

艾蕾羅拉大人站了起來。

「我來幫各位準備馬車。」

米蕾奴小姐這麼說，艾蕾羅拉大人卻拒絕了。

「我好久沒有看看這座城市了，想用走的過去，所以不用了。」

「這也是讓我走走路的好機會。」

於是，我們決定和艾蕾羅拉大人與賽雷夫叔叔一起走路到店裡。

艾蕾羅拉大人和賽雷夫叔叔來訪　其二

我們和艾蕾羅拉大人與賽雷夫叔叔一起走在街上。

雖然我有點緊張，媽媽卻比我還要緊張。我可以理解她的心情，如果米蕾奴小姐能一起來就好了，她卻說自己有密利拉鎮的工作要忙。

為了媽媽好，我決定和艾蕾羅拉大人聊天。

「那個，艾蕾羅拉大人。」

「什麼事？」

「諾雅大人沒有和您一起嗎？」

雖然她們有在米莎大人的生日派對上見面，卻因為當時的騷動，沒什麼機會好好聊聊，所以很遺憾。

「諾雅今天待在家裡，她不是去過優奈的店好幾次了嗎？」

我經常在店裡看到諾雅大人，她最近非常喜歡熊熊麵包。

「因為這次是微服出巡，所以我沒有帶她來。要是有她在，人家馬上就會發現我是她媽媽。最重要的是，我是為了工作才來的。」

我了解原由了，可是很久沒有見到媽媽的諾雅大人好可憐。

「妳不用擺出這種表情啦，我會好好空出時間陪諾雅的，因為我也很珍惜和女兒相處的時間嘛。」

那真是太好了。

「今後也要請妳繼續跟諾雅當好朋友嘍。」

「好的。」

我和艾蕾羅拉大人聊著聊著，漸漸可以看到「熊熊的休憩小店」了。

「該不會是那棟房子吧？」

「是的。」

優奈姊姊的店有個一目了然的特徵。

那就是店門口的熊熊石像。

艾蕾羅拉大人跑了過去，我們追上她。賽雷夫叔叔有點胖，所以跑得很辛苦。

「是熊造型的擺飾呢。原來她做了這種東西。」

艾蕾羅拉大人很高興地觸摸熊熊石像。

優奈姊姊說這是用魔法做成的，不會輕易損壞。所以她也說過，就算孩子們對它很粗魯也沒關係。

「熊的手上拿著麵包呢。」

比我們晚到的賽雷夫叔叔看著熊熊石像。

他有點喘。

「這也是優奈做的嗎？」

「是的，為了把店面裝飾成熊熊的樣子。」

「要不要在王都的店也放一尊呢？」

「真是好主意，優奈閣下一定也會高興的。」

嗯～優奈姊姊會高興嗎？

她做這個熊熊石像的時候很不情願。

可是它很可愛，所以我覺得放了很好。

「艾蕾羅拉閣下，我們進店裡看看吧，我肚子餓了。」

賽雷夫叔叔摸了摸大大的肚子。他的食量應該很大吧。

「也對，我們進去吧。我從剛才開始就聞到好香的味道呢。」

這是剛出爐的麵包的香氣。除此之外還有其他的香味。

「是熊呢。」

店裡的桌上、柱子、牆壁等各式各樣的地方都放著五花八門的熊熊擺飾。

「真不愧是『熊熊的休憩小店』。」

是的，每隻熊熊都很可愛，可以療癒客人。

它們很受歡迎，甚至有客人想要。

艾蕾羅拉大人和賽雷夫叔叔開始在店裡走來走去。

「每一隻熊都不一樣呢。」

他們在店裡擅自走動，開始觀察有其他客人在的餐桌。賽雷夫叔叔不只看熊熊，也會觀察客人正在吃的料理。

再這樣下去會打擾到其他客人的。

「該怎麼辦呢？」

媽媽很傷腦筋，而我可以理解。艾蕾羅拉大人是貴族，賽雷夫叔叔是城堡裡最了不起的廚師，我們沒辦法規勸他們兩個人。

「這隻熊叼著魚呢，這一隻則是在奔跑。」

「那個麵包看起來真好吃。那是蛋糕，也有布丁呢。」

在店裡工作的卡琳姊姊和其他人都注意到了。

「他們是我的客人，沒事的。」

媽媽對卡琳姊姊這麼說，她就看著艾蕾羅拉大人和賽雷夫叔叔，回到工作崗位上了。

沒有人發現艾蕾羅拉大人是諾雅大人的媽媽。

就連以前住在王都的卡琳姊姊也沒有發現。

可是，如果不阻止艾蕾羅拉大人和賽雷夫叔叔就糟糕了。只有我可以阻止他們。

「艾蕾羅拉大人、賽雷夫叔叔，請不要到處走動，會打擾到其他客人的。」

我對在店裡到處走動的兩人這麼說。

「對不起，因為熊熊的造型都不一樣，我全部都想看看。」

「不好意思，我一看到料理，不小心就忘我了。」

兩人道歉，不再到處走動。

我露出安心的表情，媽媽就用驚訝的表情看著我。

「媽媽？」

「沒、沒什麼，謝謝妳幫了大忙。」

我好像幫上媽媽的忙了，太好了。

「對了，店員的服裝好可愛。」

艾蕾羅拉大人看著在店裡工作的孩子們。

「那是諾雅她們跟熊緩與熊急一起玩的時候穿的衣服吧？」

舉辦米莎大人的生日派對時，發生了大事件。當時熊緩和熊急嚇到了城市的居民，所以為了告訴大家熊熊並不恐怖，諾雅大人、米莎大人和我三個人打扮成熊熊，和熊緩與熊急一起玩。

「真的很可愛呢，要不要也在王都的店裡使用這套衣服呢？」

我覺得還是不要那麼做比較好，優奈姊姊應該會排斥。

「真是個好主意。」

賽雷夫叔叔也打算那麼做。希望他們不要做出會讓優奈姊姊生氣的事。

總而言之，站在店內正中央會擋到別人，所以我們為了點餐走向櫃檯。

艾蕾羅拉大人和賽雷夫叔叔看著排列在架子上的麵包。

「每一種看起來都很好吃呢。」

「這邊還放著蛋糕呢，而且還有些我沒吃過的蛋糕。」

「這些蛋糕也是優奈想出來的嗎？」

「不，這是負責做蛋糕的涅琳姊姊自創的蛋糕。」

涅琳姊姊會運用各種水果做出新的蛋糕。可是，最受歡迎的還是草莓蛋糕。

「這裡還有熊造型的麵包呢。」

「原來優奈閣下還會做這種東西啊，小孩子的確會喜歡。不愧是優奈閣下，總是能做出受顧客喜愛的料理。身為一個廚師，我必須向她看齊。」

遇到和食物有關的事，優奈姊姊就會很努力。

不只是蛋糕的事，她也曾經因為想吃魚特地跑到海邊。她甚至還把安絲姊姊帶來這座城市了。

「唉，好猶豫喔。」

「是啊，真令人猶豫。」
兩人用傷透腦筋的表情看著麵包和蛋糕。
他們這麼說，連媽媽都露出困擾的表情了。
「請問兩位在猶豫什麼呢？」
「當然是因為看起來全都很美味，所以不知道要吃什麼了。」
「是的，我們能待在這座城市的天數有限，能吃的量也有限，真不知道該吃什麼才好。」
的確，每個人能吃的量有限。
我也沒有辦法吃很多。
「對了，沒有叫做披薩的料理嗎？」
「有喔。」
我舉起手，指著站在櫃檯的女孩的後方。
那裡掛著各種披薩的圖畫。
「哎呀，真的呢。」
「有好多種類。優奈閣下招待過的披薩是那個嗎？」
賽雷夫叔叔看著其中一張披薩的圖畫。
「原來優奈已經開發這麼多種類了呀。」
「我看看，那是使用了海鮮的披薩吧。而那是馬鈴薯口味，那是使用了不同肉類的披薩。」

披薩的圖畫下面寫著配料。

「披薩也有這麼多種，真令人猶豫呢。」

「為了這樣的客人，另外還有四等分的披薩喔。」

客人可以從圖畫上挑選四種喜歡的口味，搭配成四等分的披薩。

因為一次就能嚐到四種口味，非常划算。

「這也是優奈的點子嗎？」

「是的，她說『這樣就可以吃到各種口味了，很不錯吧』。」

後來他們兩位煩惱了一陣子，點了麵包、披薩和蛋糕。

我也和媽媽一起點餐。媽媽原本打算付清所有人的餐費，卻被艾蕾羅拉大人阻止了。她說「這一頓就讓我付吧」，然後付清了餐費。

媽媽一瞬間擺出了困擾的表情，後來還是決定接受艾蕾羅拉大人的好意。

然後，我們把自己點的料理端到桌上。

「果然每一道都很好吃呢。」

「一點也沒錯，這讓我獲益良多。對了，提露米娜閣下，很抱歉突然這麼要求，請問能讓我參觀一下廚房嗎？」

賽雷夫叔叔這麼問媽媽。

「您說廚房嗎？」

「是的，我想看看廚房的工作人員是怎麼做料理的。」

「這……」

「我剛才也說過了，優奈閣下有提供食譜給我。我知道有些料理是原創的，如果要在王都的店面推出同樣的料理，我會事先取得優奈閣下的許可。」

賽雷夫叔叔低下頭來。

「……我明白了。那麼結束用餐後，我會帶您去的。」

「非常感謝。」

「話說回來，孩子們都很有精神地在工作呢。」

「我想這是因為優奈很為店裡的員工著想。每工作六天就有一天休假，時間到就會準時打烊。另外最重要的是，因為優奈聲名遠播，所以沒有人敢在這家店做壞事，這也是很大的一個原因。」

如果在店裡工作的孩子們被騷擾，優奈姊姊就會出面。

上次有個孩子給客人添了麻煩，當時客人向那個孩子抱怨，甚至還想出手打人。可是，在店裡吃飯的冒險者阻止了客人。

這家店屬於優奈姊姊的事傳開之後，冒險者不會隨意鬧事，而且如果有不認識優奈姊姊的普通人來鬧事，冒險者還會保護員工。

另外，爸爸在冒險者公會工作的事情也有很大的貢獻。

公會會長好像也交代過，千萬不可以在優奈姊姊的店裡鬧事。

而且商業公會的會長——米蕾奴小姐也認識優奈姊姊，所以與商業公會有關的人也會保護優奈姊姊的店。

最重要的是，這座城市的領主——克里夫大人偶爾也會來吃飯。

因為這些原因，這家店非常安全。

所以，孩子們不會遇到討厭的事，可以帶著笑容工作。

「真厲害。」

是的，真的很厲害。

「可是，從她的打扮來看，實在教人難以想像這一切呢。」

優奈姊姊是可愛的熊熊。

然後，我們帶著吃完料理的艾蕾羅拉大人和賽雷夫叔叔一起來到廚房。

廚房的大家在莫琳小姐的指揮下賣力工作著。

「莫琳小姐，打擾了。」

「堤露米娜小姐？這兩位是？」

因為我們突然帶不認識的人到廚房，莫琳小姐嚇了一跳。

「他們是我和優奈的朋友。」

「我們拜託堤露米娜小姐，請她讓我們看看大家工作的樣子。我們絕不會給各位添麻煩的。」

「我是個廚師，名叫賽雷夫。優奈閣下曾經教過我麵包、披薩和蛋糕等料理的基本做法。關於食譜的祕密，還請各位放心。今天我希望能參觀一下各位工作的樣子。」

「如果是優奈和堤露米娜小姐的朋友就沒關係，但請不要妨礙到我們工作。」

「那當然。」

莫琳小姐簡單說完後便回去工作。

艾蕾羅拉大人和賽雷夫叔叔看著大家在廚房工作的樣子。

莫琳小姐和孩子們做著快要賣完的麵包，或是烤客人點的披薩，也會做薯條和洋芋片等點心。

優奈姊姊做了一種叫做抽風扇的東西，可以把屋裡的空氣排到外面。

她說抽風扇可以把食物的香味帶到屋外，吸引外頭的客人進來用餐，所以是一石二鳥。

天氣熱的時候，還有用冰魔石和風魔石做成的魔導具會吹出涼爽的空氣。用了這種魔導具，屋內就會變得很涼爽。

在悶熱的房子裡工作很耗體力，優奈姊姊說這樣不好。優奈姊姊總是會為大家著想，是個很體貼的人。

艾蕾羅拉大人和賽雷夫叔叔看著莫琳小姐做麵包的過程、涅琳姊姊做蛋糕的過程，還有孩子們幫忙的樣子，感到非常佩服。

而我們也約好明天要帶他們去孤兒院參觀。

艾蕾羅拉大人和賽雷夫叔叔來訪　其三

艾蕾羅拉大人和賽雷夫叔叔來到克里莫尼亞，我們帶他們到「熊熊的休憩小店」參觀。他們在店裡到處走動，讓我們大傷腦筋。

特別是身為貴族的艾蕾羅拉大人，媽媽不知道要怎麼應對她。

「菲娜，謝謝妳。妳幫了大忙。」

正在準備晚餐的媽媽向我道謝。

能幫上媽媽的忙，我有點高興。

「不過，看到妳那麼自然地跟艾蕾羅拉大人和賽雷夫先生說話，我很驚訝呢。」

「因為我們以前聊過幾次天。」

我在城堡裡和米莎大人的生日派對上跟艾蕾羅拉大人和賽雷夫叔叔聊過天，我甚至跟艾蕾羅拉大人相處過幾天的時間。我想起當時她讓我穿上各種衣服的回憶，身體忍不住顫抖了一下。

「我也好想見見他們。」

一起幫忙做晚餐的修莉稍微鼓起臉頰這麼說。我們把修莉留在孤兒院，所以她沒有見到艾蕾羅拉大人和賽雷夫叔叔。

「他們明天要去孤兒院，還能再見到他們的。」

「修莉，人家是很了不起的人，妳不可以做出奇怪的事喔。」

「我才不會做奇怪的事呢～」

修莉馬上就發現艾蕾羅拉大人的身分了。我以前跟她說過艾蕾羅拉大人的事，她好像還記得。

「還有，不可以把她是諾雅大人的媽媽這件事告訴別人喔。」

要是艾蕾羅拉大人和賽雷夫叔叔的身分曝光，那就傷腦筋了。

隔天，我們在通往孤兒院的路上等待艾蕾羅拉大人和賽雷夫叔叔。其實我們本來打算到諾雅大人的家迎接他們，卻被他們拒絕了。於是，我們決定在這裡會合。

我跟媽媽和修莉一起等著，看到他們兩位走了過來。

「抱歉，我們來晚了。」

「因為我走路很慢。」

兩人這麼道歉。

「不會，請兩位別放在心上。」

媽媽緊張地回答。

「堤露米娜小姐，用普通的語氣說話就好了。」

「好的，不、不要緊。」

媽媽看起來不像是不要緊。

看著媽媽這個樣子，艾蕾羅拉大人露出微笑。

「那孩子是？」

艾蕾羅拉大人看向我後面的修莉。修莉捏著我的衣服，躲在我背後。

「她是我的妹妹修莉。」

「……我是修莉。」

我幫忙介紹，修莉就用小小的聲音打了招呼。

「呵呵，跟菲娜長得很像呢，真可愛。我是艾蕾羅拉，是……優奈和菲娜的朋友。」

「我知道，妳是諾雅姊姊的媽媽。」

聽到修莉這麼說，艾蕾羅拉大人很驚訝。

「不好意思，我以前在家裡說過關於艾蕾羅拉大人的事。」

「原來是這樣呀。不過，菲娜是怎麼說我的？」

艾蕾羅拉大人看著我微笑。

嗚嗚，我應該沒有說什麼奇怪的話吧。

「姊姊說妳是很好的人。」

「真的嗎？我好高興。」

因為不想讓媽媽擔心，所以我確實這麼說過，幸好修莉沒有說些奇怪的話。

「姊姊說妳帶她去城堡玩，我也好想去城堡喔。」

「呵呵，那麼下次修莉來王都的話，我來幫忙帶路。」

「真的嗎！」

有種話叫做客套話。

艾蕾羅拉大人應該是不覺得修莉可以前往王都，所以才會這麼說吧。

可是，修莉把艾蕾羅拉大人說的話當真了。

「嗯，我保證。」

「那麼，到時候就由我來招待一些料理吧。」

連賽雷夫叔叔也這麼說。

聽到他們兩位說的話，媽媽露出傷腦筋的表情。

「修莉，不可以太麻煩人家喔。」

我這麼告誡，修莉就微微噘起嘴巴點頭。

這是雖然聽話但是不服氣的舉動，她應該是覺得只有姊姊有好處很不公平吧。

我雖然也想帶她去，但又不能說出優奈姊姊那種可以移動到別處的門的事，所以不能輕易答應要帶她去王都。

我們朝孤兒院出發。

修莉和艾蕾羅拉大人正在聊天，所以我跟賽雷夫叔叔一邊對話一邊走著。媽媽緊張地聽著我們的對話。為了媽媽，我要好好努力。

我們一邊聊著一邊走路，就看到了一道牆壁。

「那就是養鳥的地方吧。旁邊有房子呢，那就是孤兒院嗎？」

現在的孤兒院是優奈姊姊重建的，所以很整潔。

我們帶著艾蕾羅拉大人和賽雷夫叔叔，走進有咕咕鳥的牆壁內側。牆壁內側有咕咕鳥的小屋，還有媽媽工作的小屋。

「大家就是在這裡照顧咕咕鳥並蒐集蛋的吧？」

「咕咕鳥的數量相當多呢。」

艾蕾羅拉大人和賽雷夫叔叔看著四周。

咕咕鳥走出小屋，有精神地在外面活動。

咕咕鳥好像不能飛到高處，所以沒辦法越過優奈姊姊所做的牆壁。而且牠們很溫馴，不會試圖逃走。只不過，要把牠們放回小屋時，一定會有幾隻到處亂跑，所以很累人。可是，我們現在會先包圍牠們，再抓起來放進小屋。

這個時候，有幾個孩子在小屋進進出出。

「他們在做什麼？」

「他們正在打掃小屋，並把回收起來的蛋搬到隔壁的小屋。」

媽媽這麼說明。

孩子們忙進忙出，很賣力地工作著。

「孩子們能找回笑容，都是多虧了優奈。都怪克里夫不爭氣……不，沒發現的我也有責任。」

看著孩子們的艾蕾羅拉大人用很小的聲音這麼說。

在優奈姊姊來之前的孤兒院非常辛苦，我也還記得當時的事。以前的建築物很老舊，大家甚至沒有錢吃飯。

聽說這是因為克里夫大人的部下把孤兒院的錢偷走了。為了道歉，克里夫大人決定建造新的孤兒院。雖然實際上重建的人是優奈姊姊，但聽說建築物裡的床和櫃子等必需品是克里夫大人出錢買的。

艾蕾羅拉大人沒有繼續談這個話題，對媽媽說：

「可以讓我們也看看小屋裡面嗎？」

我們看了孩子們打掃小屋和蒐集蛋的樣子，然後移動到用來管理蛋的隔壁小屋。

莉滋小姐正在裡面代替媽媽工作。

莉滋小姐是孩子們的褓母。她就像大家的姊姊，是個很照顧小朋友的好人。可是，她生起氣

來很可怕，所以孩子們都會乖乖的，避免挨罵。

「莉滋小姐，對不起，把工作都交給妳。」

媽媽有事的時候，都是由莉滋小姐來做媽媽的工作。

「不用客氣，因為有客人來嘛。那兩位就是客人嗎？」

莉滋小姐看向艾蕾羅拉大人和賽雷夫叔叔。

「這兩位是我和優奈的朋友。」

「我叫做艾蕾羅拉。」

「我叫做賽雷夫。」

兩人說出自己的名字。

「我是莉滋。這裡這麼髒，真不好意思。」

「我們今天是來參觀鳥和蛋的。我們不會打擾各位，請問可以讓我們參觀一陣子嗎？」

賽雷夫叔叔很有禮貌地拜託莉滋小姐。

「既然是堤露米娜小姐和優奈的朋友就沒問題。」

莉滋小姐看著媽媽。

「其實我也很希望優奈在場。」

媽媽的臉上浮現困擾的表情。

「我記得她好像出門了呢。」

優奈姊姊要出遠門的時候會先說一聲再走。有時候是告訴我，有時候是告訴媽媽。

「所以既然提露米娜小姐准許，那就沒問題。」

「謝謝妳。」

兩人重新開始觀察小屋內。

小屋內有工作桌和水槽，牆邊放著裝蛋的箱子，媽媽平常就是在這裡工作。

「那裡的蛋為什麼會分開放呢？」

裝著蛋的箱子是分開放的。

「那些是要批發給商業公會的蛋，這些是要拿去店裡使用的蛋。另外，如果是蛋殼裂開的蛋，我們會吃掉。」

莉滋小姐附近的籃子裡放著孩子們拿來的蛋。她會確認每顆蛋的狀態，把狀態好的蛋送到商業公會，剩下的則拿去店裡。如果是在店裡使用，只要沒有壞掉就沒問題。

只裂開的蛋會留下來做成孤兒院的午餐。

「提露米娜閣下，可以給我一些蛋嗎？當然，我一定會付錢的。」

「不用付錢也沒有關係，請儘管拿去吧。」

賽雷夫叔叔突然提出的要求讓媽媽很傷腦筋，所以她這麼回答。

「不，那可不行。這些蛋都是孩子們努力照顧鳥兒才得來的，我不能免費收下。」

「說得對，我也買一些好了。」

聽到艾蕾羅拉大人這麼說，媽媽又露出困擾的表情了。然後，媽媽好像想到了什麼。

「我們是朋友吧？既然如此，請不要客氣。」

這些話讓賽雷夫叔叔和艾蕾羅拉大人都露出驚訝的表情。然後，他們兩位都笑了。

「是呀，的確沒錯。不過正因為是朋友，錢的事情才應該好好算清楚，畢竟我們的孩子也會有長久的交情嘛。」

被這麼一回應，媽媽又露出了困擾的表情。

結果，媽媽用批發給商業公會的價格把蛋賣給了艾蕾羅拉大人和賽雷夫叔叔。

「價格這麼便宜？」

賽雷夫叔叔對蛋的便宜價格感到驚訝。

「優奈不太會考慮是否賺錢的事。她說與其放到壞掉，不如降低價格，讓更多人都能吃到蛋。」

「很像是優奈閣下的作風呢。身為一個人，她的器量很大。」

「雖然身材很嬌小。」

艾蕾羅拉大人這麼一說，大家都笑了。

如果優奈姊姊在場，她一定會生氣，這件事絕對不可以告訴優奈姊姊。

離開孤兒院的養鳥小屋後，我們前往安絲姊姊的店「熊熊食堂」。

「這裡也有熊呢。」

「牠的手上抱著魚。」

「我記得這裡賣的是魚類料理吧？」

這裡離「熊熊的休憩小店」很近，因為我們昨天在「熊熊的休憩小店」用完餐之後就分開了，所以沒有帶他們來這裡參觀。

我們走進店裡。

「歡迎光臨。咦？這不是堤露米娜小姐和菲娜跟修莉嗎？妳們今天怎麼會來？」

在熊熊食堂工作的賽諾小姐走了過來。賽諾小姐跟安絲姊姊一樣，是來自密利拉鎮，總是充滿活力又開朗。店裡的弗爾妮小姐也一樣是從密利拉鎮來的。

「我今天帶了朋友來，想在這裡吃頓飯。」

媽媽這麼一說，艾蕾羅拉大人和賽雷夫叔叔就輕輕低下頭來。

「那麼，各位請坐。要點些什麼呢？」

「我想想，那請給我推薦的菜色。」

「我想點些在其他城市吃不到的料理。」

「我要三色飯糰和烤魚。」

「我也要～」

修莉這麼模仿媽媽，但媽媽決定要跟她分著吃。

「我要竹筍飯和魚肉天婦羅。」

「了解。安絲～三色飯糰套餐和竹筍飯跟魚肉天婦羅套餐。另外還要兩份主廚推薦套餐。」

「賽諾小姐，我們哪有什麼主廚推薦套餐？」

安絲姊姊走出來這麼抱怨。

「請好好問客人想點什麼。」

「對不起，因為我們不知道什麼比較好吃，所以就拜託她推薦了。」

艾蕾羅拉大人對走出廚房的安絲姊姊道歉。

「啊，不會……」

突然聽到客人道歉，安絲姊姊不知道該怎麼辦才好。

「這位是艾蕾羅拉大……艾蕾羅拉小姐，以及賽雷夫先生。他們是我的朋友，想要嚐嚐只有這家店才有的料理，可以拜託妳嗎？」

媽媽剛才差點就叫成「艾蕾羅拉大人」了，好危險。

「既然如此，我就擅自幫兩位安排了。」

安絲姊姊說完就回到了廚房。

過了一陣子，料理上桌了。

色彩繽紛的飯糰排列在眼前。

本來點一人份的話是三個飯糰，而今天有五個人，所以有十五個。

「是米飯呢。」

「是的，飯糰裡有包配料，口味各有不同。」

三色飯糰的配料每天都不同。

有切碎的調味魚肉、從海裡採來的海藻，還有一種酸酸的紅色食物，叫做酸梅。有時候好像也會包雞肉、豬肉或是其他的肉，另外還有烤飯糰，那種飯糰也很好吃，我很喜歡。

餐桌上也有魚類料理以及烏賊和章魚。用貝類做成的料理也端上桌了。

「菜單上也有肉類料理，可是並不稀奇，所以我用密利拉鎮捕到的海鮮做了這一桌菜。」

「每道菜看起來都好好吃喔。」

「是啊。」

「那麼我們開動吧。」

大家開始享用料理。

「我也在其他地方吃過魚類料理，不過這家店的每道菜都很好吃呢。」

「是的，非常美味。掌廚的人就是剛才的小姑娘吧？」

「她是優奈從密利拉鎮找來的廚師。」

「我記得那位做麵包的女師傅也是優奈從王都找來的吧？」

艾蕾羅拉大人是在說莫琳小姐。我是在王都吃到莫琳小姐的麵包的，真的很好吃，現在的麵包當然也非常好吃。

「優奈閣下真有看人的眼光。」

「可是，王都痛失了一位麵包師傅呢。」

「真想把她們兩位都帶到王都呢。」

「不行！」

我忍不住大叫。

「菲娜？」

「她們都是店裡需要的人，如果帶走她們，大家會很困擾的。」

而且，優奈姊姊也會很困擾。

「不好意思，菲娜閣下。我想帶她們去王都的想法是真心的，但不會那麼做。要是我那麼做，優奈閣下會討厭我的。」

「是呀，要是被優奈討厭，諾雅和希雅也會討厭我的。」

「要是優奈閣下因此不再造訪城堡，國王陛下和芙蘿拉公主一定會怨恨我。」

艾蕾羅拉大人和賽雷夫叔叔笑著這麼說，媽媽和我卻笑不出來。

因為他們提到了國王陛下和公主殿下，那對我們來說實在太虛無飄渺了。

後來，我們吃了烤魚和炒過的烏賊跟章魚。除此之外還有各種料理，但我特別喜歡天婦羅，可以撒一點鹽再吃，淋上醬油也不錯。

昨天吃的莫琳小姐做的麵包很好吃，安絲姊姊做的料理也很好吃。

我們離開了「熊熊食堂」。

「今天謝謝妳們。」

他們兩位好像明天就要回去了，所以艾蕾羅拉大人接下來好像要回去陪伴諾雅大人。

賽雷夫叔叔說他還要去其他的店吃東西。

他還要再吃嗎？我很驚訝地這麼想，可是看到他的大肚子，我就知道他為什麼能吃這麼多了。

隔天，我一走進「熊熊的休憩小店」，就看到艾蕾羅拉大人和賽雷夫叔叔正在購買大量的麵包。

後記

好久不見，我是くまなの。感謝您拿起《熊熊勇闖異世界》第十集。

在這一集，順利拿回露依敏的手環後，優奈等人抵達了精靈村落。在精靈村落等著優奈的是精靈的珍貴樹木——神聖樹被寄生樹寄生的糟糕狀況。被寄生樹寄生的神聖樹會吸引魔物，讓魔物聚集到村落周圍，為了拯救精靈村落和神聖樹，優奈挺身戰鬥。

從精靈村落歸來的優奈和菲娜一起畫繪本，回到了日常生活。繪本中的小女孩託熊熊的福，慢慢變得愈來愈幸福，希望繪本中的小女孩也能變得跟菲娜一樣幸福。

在新發表章節中，艾蕾羅拉小姐和賽雷夫先生來拜訪克里莫尼亞了。堤露米娜小姐不知所措，菲娜卻很鎮定，從這段故事可以看出菲娜的成長，面對貴族就會緊張的菲娜真令人懷念。

漫畫在今年開始連載，實體版漫畫也順利發售了。

被優奈毆打的戴波拉尼、仰慕戴波拉尼的蘭滋、很有常識的露麗娜小姐、肌肉男基爾、公會會長、櫃檯的海倫小姐——角色們都化為表情豐富的漫畫，能夠看到他們在文章中難以展現的一面是很有趣的事。せるげい老師所畫的優奈和菲娜也很可愛，希望大家也能多多關照漫畫版。

為了漫畫版，我特別撰寫了優奈來到異世界前不久的短篇故事，希望大家也會喜歡這篇故事。

漫畫版第一集會和小說第十集同時發售，請大家多多關照。（註：此指日本版。台灣版漫畫第一、二集已發售）

最後我要感謝在出版過程中盡心盡力的各位同仁。

感謝０２９老師這次也描繪了迷人的插畫。

感謝編輯總是協助修改錯字與漏字。另外還有參與《熊熊勇闖異世界》第十集出版過程的諸多人士，感謝你們的幫助。

感謝閱讀本書至此的各位讀者。

那麼，衷心期待能在第十一集再次相見。

二〇一八年七月吉日　くまなの

歡迎來到實力至上主義的教室 1~10 待續

Kadokawa Fantastic Novels

作者：衣笠彰梧　插畫：トモセシュンサク

最糟糕的特別考試——決定自己班級的退學者！
超人氣創作雙人組聯手獻上全新校園默示錄第十集！

高度育成高中一年級突然被追加了特別考試！那是要學生自行挑出退學者的殘忍考試——「班級投票」。面臨非得有人退學的現實，多疑氣氛使得Ｃ班分崩離析。另一方面，一之瀨為了拯救Ｂ班打算跟南雲進行某項交易，條件卻是要跟南雲交往——

各 **NT$200~250/HK$67~75**

異世界悠閒農家 1~4 待續

Kadokawa Fantastic Novels

作者：內藤騎之介　插畫：やすも

大豐收！感謝「萬能農具」！
而且這次還迎來了新的移居者！

琪亞比特再次造訪大樹村，與她一同前來的是天使族的蘇爾琉與蘇爾蔻。大樹村即使有她們加入，也依舊過著一陳不變的日子？大家耕田，魔物也加入耕種，眾人正悠閒地擴張村落！於異世界開闢農業，慢活人生&農業奇幻冒險譚——第四彈!!

各 **NT$280~300/HK$90~100**

轉生後的我成了英雄爸爸和精靈媽媽的女兒 1 待續

Kadokawa Fantastic Novels

作者：松浦　插畫：keepout

精靈艾倫運用前世的知識和精靈的力量，守護重要的家人！

經歷了埋首於研究工作的前世，轉生後的我變成了元素精靈。爸爸以前是英雄，媽媽是精靈王，我也天生擁有超強的能力……我在爸爸、媽媽與許多精靈的溺愛下很快地長大，卻在和爸爸造訪人界的時候被國王盯上，全家人陷入危機？

NT$200/HK$67

最終亞瑟王之戰 1~2 待續

作者：羊太郎　插畫：はいむらきよたか

以凜太朗為籌碼，
新的一戰開始了！

凜太朗和瑠奈遇到了新的亞瑟王繼承候選人，而她竟然是凜太朗曾經教授過戰鬥方式的弟子艾瑪·米歐爾。面對侍奉艾瑪的「騎士」蘭馬洛克卿，屈居劣勢的瑠奈竟賭上凜太朗，和瑠奈展開一場王者格局的較量——

各 **NT$250/HK$83**

今天開始靠蘿莉吃軟飯 1~5 待續

Kadokawa Fantastic Novels

作者：暁雪　插畫：へんりいだ

崇高的靠蘿莉吃軟飯生活！
世界第一的人生勝利組！

我是人稱靠蘿莉吃軟飯的天堂春。連國家公權力都打倒的我，覺得已經沒有任何事情可以妨礙如此幸福的生活了……可是！在我跟藤花她們有了身體碰觸之後，我的專屬女僕麻耶小姐就真的發飆了……我跟美少女小學生之間的身體碰觸要暫時自重不做！

各 **NT$200/HK$60~67**

國家圖書館出版品預行編目資料

熊熊勇闖異世界 / くまなの作 ; 王怡山譯. -- 初版. -- 臺北市 : 臺灣角川, 2020.06-
冊 ; 公分. -- (Kadokawa fantastic novels)
譯自 : くま クマ 熊 ベアー
ISBN 978-957-743-812-6(第10冊 : 平裝)

861.57 109005090

Kadokawa Fantastic Novels

熊熊勇闖異世界 10

（原著名：くま クマ 熊 ベアー 10）

2020年6月24日 初版第1刷發行
2020年12月4日 初版第2刷發行

作　　者：くまなの
插　　畫：029
譯　　者：王怡山

發 行 人：岩崎剛人
總 編 輯：蔡佩芬
編　　輯：蘇涵
美術設計：黃永漢
印　　務：李明修（主任）、張加恩（主任）、張凱棋

發 行 所：台灣角川股份有限公司
地　　址：105台北市光復北路11巷44號5樓
電　　話：（02）2747-2433
傳　　真：（02）2747-2558
網　　址：http://www.kadokawa.com.tw
劃撥帳戶：台灣角川股份有限公司
劃撥帳號：19487412
法律顧問：有澤法律事務所
製　　版：尚騰印刷事業有限公司
ＩＳＢＮ：978-957-743-812-6